庚子讀畫記

方鸣 著

故宫出版社

作者自述

幼承家学，传继文脉；文学少年，哲学青年；今以文字为生计，惟以心灵为归依。

清水浮院，不媚时人；风雨屏门，静读春秋；数点寒香本无迹，天闲万马是吾师。

目录

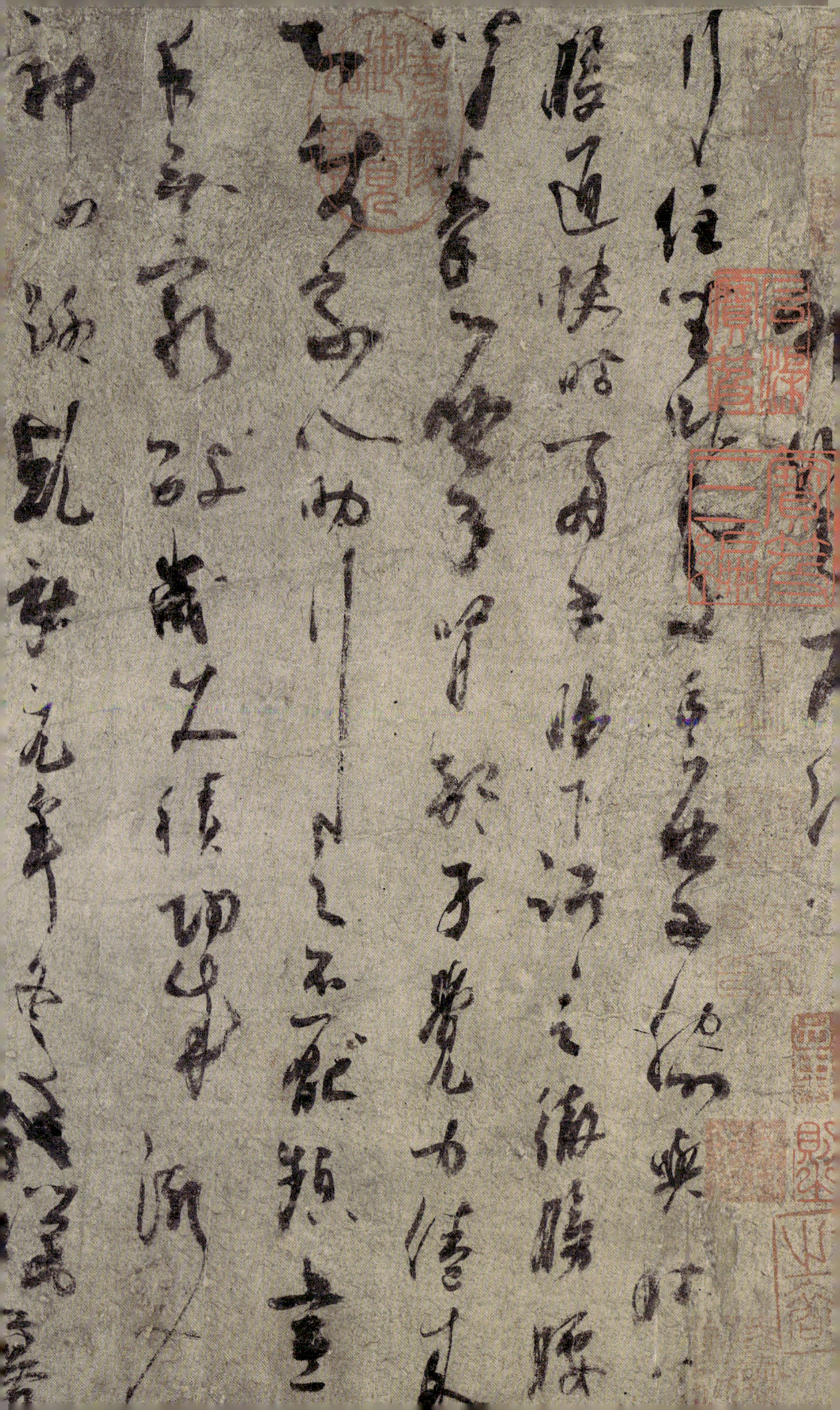

序

庚子读画记

近一年来，或许是新冠疫情的缘故，我多有时间在微信公众号上，慢慢品读了方鸣先生若干庚子长文。我喜欢方鸣的文字，是他忠实的“粉丝”，过去读他的文字，多是典雅的中篇和幽致的小品，可能是由于庚子年的疫情过于漫长了吧？可能是因为方鸣所描写的“诗画体”的古时明月，也让他过于忘情了吧？以至于下笔连珠，一发而不可收，而且是篇篇精彩、满目皆绿的长幅美文。文中每一节、每一页、每一段，甚至每一字词，珠玑满目、晶莹剔透，玩之不穷，尤可珍赏，随意拈来，皆是佳句，既上口，更入心。

方鸣庚子读画，每篇都是数万字的长文，而如此长文，若要通篇咀嚼细品，还是需要一段静心的光景。于我而言，每一文都需分几个时间段来读，好在疫情期间，阅读的时间多了许多，有这样的好文章，稍一读起，常常已是夕阳西去。

方鸣就是方鸣，有不少朋友向他提出，当今是快餐文化时代，提倡碎片化阅读，大众哪有时间去闲读这样的长文呢？还是多写写短文吧，这样会有更多的阅读量。方鸣只是简单回应道：我原本就擅写短文。庚子年的这几篇文章，贯穿了中国绘画史，容量太大，本已尽力去短，又如何能够再短呢？私下里，他却对我说，这些文字，我哪里是写给现在的人看的？若是开笔时，就想到写作要为当下，我连一个字也写不出了。我问他："那你写作又是为了什么？"他说："我只想自己和古人叙话，如果时下还有一些亲朋好友喜欢我的文字，当然求之不得，难得我们一起和古人来一场穿越时光的文化 Party，也是一场穿越时空的兰亭雅集。"

他的回答，令我略感惊讶。这就是我的老友，相识多年，神交久矣。其实，方鸣之所言，又在我的意料之中。他从来就是这样一个特立独行的人。

二十多年前，我还在河北教育做出版，他专程去石家庄看我，买走了我社刚刚出版的《莎士比亚画廊》。后来，我送给他五卷本的《中国名画赏析》，至今还是他的案头书。不过，那时我们还只是出版同仁，我并未想到，日后他一脚踏入访古之门，写出了那么多的历史情境文字。

对中国古代书画史的研究，方鸣自有他的独到理解，他并不在意知识的普及和叙述，而是侧重文字的抒写和心灵的表达。他说，有度娘在，对一般人而言，已是足矣，何必还要去做多余且无谓的知识消费和浪费？因而，他的文字其实都是极简约的，但是蕴含却是甚为丰厚的。在他的笔下，既有宏观的思辨框架，又有精微的学术考证，由于他知识渊博、熟悉经史子集，所以他的文章运用了大量唯美的古典语汇，如此的写法，比通常的文章，阅读起来自然要花费更多的时间，这其中不免有更多的阅读挑战，自然也会带来更多的心性体验。

他的涉猎之广泛之深入，是我最初没有想到的；他的文字之美妍之韵致，也是我始料未及的。这样的文字，既可作为中国古典美术的别史来研读，也可作为中国浪漫文学的原创来欣赏。朋友们都说方鸣的文字是文化大散文，他却自我标榜为新古典主义散文。我知道，有很多读者，仅仅是因为着迷他的文字，便不知不觉移情而移步到古代书画的花园里，看一个园丁如何惜花赏花，又如何修整记忆中古老花园的枝桠。

“士别三日，当刮目相看。”方鸣的文字，于朋友而言，是新鲜的，但并不陌生；可谓似曾相识，却又相忘于江湖。他是他，他又不是他。过去的哲学家们都在问：我是谁？读他的文字时我却时常会想：他是谁？他真的就是那个我相识多年的老友吗？

方鸣总说：其实我啥也不是，所以也不必管我是谁，我写谁，我就是谁，我就是我笔下的那个谁。于是，朋友们看到，他灵魂出窍了，又灵魂附体了，他真的是把他自己写进了自己的文章里，又把司马光、文徵明、仇英、孙承泽、王原祁、袁江……写成了他自己。

我对他说，你的文字，是文化大餐，不是便当快餐，作为手机阅读，篇幅是有些长了；但若是结集出书，却是正好！不妨交给故宫出版社出版，以你的文字，再配上故宫博物院的藏画，相得益彰，真可做一本赏心悦目的艺术美书！

我知道，他是愿意把自己的古画赏文在紫禁城付梓面世的，这是因了他很早就与我说过，他有着天然的故宫情结。小的时候，他最初接受中国古代书画的熏陶，一是看家里的书画旧藏，一是每逢周日，都要随父亲去故宫看画展。那时他还常见一人在地上铺纸临画，今日忆起，却不知那是哪一位师者？其时已远，虽已不得而知，但是，这个影像在他的心底已然珍藏了一生。

我的提议他欣然接受，而且第一时间就编定书稿，又说别无他求，只希望我这个老友抽空为书作序——这便是这本书的出版缘起。本来序文中还有更多的内容可写，但想着还要赶紧回过头去，在书稿中再做一次通透的艺术与审美之旅。方鸣除了对中国古代书画史的研究，他还写过古瓷、古砚、古印等诸多美文，也是美不胜收的，好在以后还有机会在故宫出版社出版，这是下文了。

方鸣，做了一辈子的图书编辑，庚子年又认认真真当了一回图书作者。编书不易，写书更难，好在方鸣的努力没有白费，我们将在不久的书店里，看到一本别致的《庚子读画记》。当读者翻开书页时，一定会发现，原来书中的每篇文章，都应该是绘写画史上最美丽的纸上风景。就这样，我们将在美丽的纸上，相聚在明四家的月光下，飘游在退谷的山林上，守望在畅春园的秋色里，浸淫在梁园的诗华中……感谢方鸣，是你让我们尽情展读了一番新古典主义的诗画美文，我们看到了，见到了，也听到了：纸上的风景，原来是这样的美丽。

王业民

2021 年 11 月 1 日

纸上的花园

曾是洛阳花下客——欧阳修

一

近读阮元的《石渠随笔》，偶然发现书中一处记述了宋画《独乐园图》：

书屋数楹，庭西畔一亭，中有井，屋后又有屋两重。井亭西又一门，虚亭数楹，亭西花栏两亩，亭后有立石，玲珑与屋齐。

又有闲地画坪如棋局，前后柳榆槐柏甚多。

阮元是乾隆朝的大学士，曾参与编纂《石渠宝笈续编》和《秘殿珠林续编》。《石渠随笔》是他编书的经眼录，可见宋人的《独乐园图》或已被编入《石渠宝笈续编》。于是，又随即前往《石渠宝笈续编》去仔细追溯，果不其然。不过，这一幅《独乐园图》的绘者究是何人，却是未有交待。

这一日的读书偶得，令我喜不自禁。君不知，若干年前，我已在遥想独乐园了，并开启了我的历史漫游之旅。只是那时还不知宋朝便已有人绘写了这一座名园，这仿佛让我看到了园中独放的一朵宋朝的牡丹。

然而，又有谁能告诉我，这朵水墨牡丹，如今飘零何方？西风吹过，万物萧瑟，我却只寻得宋代诗人范成大的牡丹诗句："一年春色摧残尽，再觅姚黄魏紫看。"

二

独乐园是北宋名相司马光的故园，遗址位于洛阳市诸葛镇司马村。故园今已不存，古风凄凄，草木悲凉。唯园中的花草味道和书香气息，千百年来依然芬芳馥郁，流转不散。

明　仇英　独乐园图卷　美国克利夫兰艺术博物馆

北宋熙宁四年，司马光辞去朝中职务，退居西京洛阳，潜心编修鸿篇史书《资治通鉴》。洛阳，本是他鸿蒙初开之地。当年，少年砸缸，智勇可嘉；而今，孺子归来，壮心未泯。

洛阳乃是十三朝古都，气象万千，魁斗高悬。也许，洛阳才是司马光最好的归处。古都阅史，阅遍王朝兴衰；史地写史，写尽天下春秋。

再回故地，古城春色似曾相识，司马光难免伤感："春风不识兴亡意，草色年年满故城。"

重修史章，漫漫遗迹依稀可辨，司马光不禁赞叹："若问古今兴废事，请君只看洛阳城。"

——而这后面一句，便直抒了他归返洛阳修史的心迹。

两年后，独乐园建成，司马光在园内住了十三年，心系社稷，思接千载，穷竭所有，独乐其中，书写出了一部浩如烟海的史学巨著《资治通鉴》。

司马光有诗长叹：

人生百岁隙中光，唯有高名久不亡。
千古但令编简在，清风养物一何长。

作为十三朝古都，洛阳自古多名园，东魏时期的《洛阳伽蓝记》就记录了当时洛阳的园林盛景。司马光曾有诗吟："洛阳相识尽名流"，"洛阳相望尽名园"，司马光的好友邵雍也曾赋诗："天下名园重洛阳。"

其时，洛阳共有一千多处名园，相形之下，独乐园不过是一处园林小品，既非旷阔，总共不过占地二十亩；亦非奢侈，只有读书堂、弄水轩、钓鱼庵、种竹斋、采药圃、浇花亭、见山台七处微型景观，因而只是一个极为简朴的园圃，却是名满天下的千古名园，只因园中的那一个人，那一部书，那一支笔，那一畦经年不衰的牡丹。

北宋文学家李格非在《洛阳名园记》中，写下了洛阳的十九处名园，其中落笔独乐园，却不过是言其"园卑小"，七个景观处处都小，不可与其他名园相比，云云。但又说："所以为人欣羡者，不在于园耳。"自然，为人欣羡者，当是在于园子的主人，园因人而奉以为尊。

李格非是李清照的父亲，少女时代的女词人曾住在洛阳环溪园的外公家，或许当年也是随父亲游赏过独乐园的。新婚之际，李清照曾作一首《庆清朝》，笔下写尽洛阳名园的暮春花景，却不知词中是否可见独乐园的牡丹芳姿？

禁幄低张，彤阑巧护，就中独占残春。容华淡伫，绰约俱见天真。待得群花过后，一番风露晓妆新。妖娆艳态，妒风笑月，长殢东君。

东城边，南陌上，正日烘池馆，竞走香轮。绮筵散日，谁人可继芳尘。更好明光宫殿，几枝先近日边匀。金尊倒，拼了尽烛，不管黄昏。

只是，独乐园衰老了，终有一天会颓圮，湮没在历史的尘埃里。明嘉靖年间的《河南郡志》对独乐园略有提及，却是语焉不详，不知废存。到了清嘉庆之际，根据《洛阳县志》记载，独乐园就已是一片遗址了。

然而，不只是独乐园，洛阳的其他名园如今也多已灰飞烟灭。说也难怪，十三朝古都的历史陈迹又有多少能够留存下来呢？原来，在时间的长河里，城池、宫阙和苑囿都不过是转瞬飘散的风烟，却唯有纸上的历史才是亘古久远。

三

所幸，司马光曾以他的如椽史笔，写下了独乐园的诸多诗文，也留下了独乐园的原始记忆。于是，由司马光起笔，独乐园便在历代文人中心心相连，笔笔相援，纸纸相传，成为了一座纸上的花园。

在这座纸上的花园里，诗文和书画，都是在岁月中绽放的纸上花朵，装点着独乐园的风景，也装点着我们的记忆。

司马光青史留名，却又诗文流芳。《古文观止》全书共222篇传世名作，即编入其两篇名文。清人朱孝臧编选的《宋词三百首》里，也从其仅存的三篇遗世词作中，收录了其中之一。又听说洛阳的学者新近已经编出《司马光诗词一千首》，这可真是一园盛开的牡丹呀！

君不见，独乐园乃是司马光的诗园，当诗人在风中漫吟，园中便飘洒着层叠不尽的诗篇，披拂而舒卷，沉郁而绮丽。我随手拈取一片，便是《其夕宿独乐园诘朝将归赋诗》：

平晓何人汲井华，辘轳声急散春鸦。
开园更有四五日，映叶尚余三两花。
宿病岑岑犹带酒，无眠耿耿不禁茶。
自嫌行乐妨年少，遽索篮舆且向家。

那四五日，汲水倾地，春鸦绕枝，在我的眼中，便是新晴遍野了。

那三两花，绰绰约约，风姿招展，在我的眼中，便是春色满园了。

司马光从朝中退隐，只带一佣人清居独乐园，形单影只，孤寂落寞，与故友们少有往来，便有了这样一首《闲居》：

故人通贵绝相过，门外真堪置雀罗。
我已幽慵僮更懒，雨来春草一番多。

诗意是：无人来过，门可罗雀。我慵僮懒，春草长多。

——虽说幽慵，却是劳倦；看似孤居，实则独乐。

再摘得一片诗叶，原是《独乐园新春》：

明　唐寅　芙蓉图扇　故宫博物院

春风与汝不相关，何事潜来入我园。
曲沼揉蓝通底绿，新梅剪彩压枝繁。
短莎乍见殊堪喜，鸣鸟初闻未觉喧。
凭仗东君徐按辔，旋添花卉伴芳樽。

看呀，司马光在独乐园赋诗，多是咏春，他真是一个春天的诗人呢，独乐园便成了一个诗人的春园。

这几篇，便是纸上的花园里，随意捡拾的春诗散叶了。

四

那么，司马光的独乐园，究竟是个什么模样呢？终于，我们就要走进司马光的散文名篇《独乐园记》了。

司马光开篇即有言在先：王公之乐，非贫贱所及也；圣贤之乐，非愚者所及也。鹪鹩在林中筑巢，不过是栖于一枝；偃鼠到河中饮水，不过是果于一腹。我的快乐仅此而已呀！

根据司马光在文中的描述，他的独乐园是这个样子的：

园子的中央是读书堂，藏书五千册。南边有一处房屋，屋下有水流过，淌入北边的池中。池水漫出，环绕四周，缓缓北流，此地为弄水轩。水池中间有一个岛，叫钓鱼庵。水池的北面还有六排房屋，因为房前屋后种满绿竹，所以叫种竹斋。水池的东面有一百二十畦田，种植着各种花草药材，采药圃即在此处。南面是一片种植着芍药、牡丹和其他花卉的花圃，其间是浇花亭。在园中还筑一高台，构屋其上，以观远山，名见山台。

独乐园虽是一处小园，却充满了文人气息和田园风情。白日里，司马光在读书堂写作《资治通鉴》，厅堂四周，清波流贯，草木纷披，写作之余，司马光尽可去弄水轩戏水，去钓鱼庵观鱼，去种竹斋赏绿，去采药圃尝草，去浇花亭植花，去见山台望远：望天河浩瀚，山川寥廓，大地流金，风云激荡。

而到了夜晚……

明月时至，清风自来，行无所牵，止无所柅，耳目肺肠，悉为己有。踽踽焉，洋洋焉，不知天壤之间复有何乐可以代此也。

如此明月，如此清风；如此踽踽，如此洋洋；如此行无所牵之独，如此止无所柅之乐，天底下难道还有什么更加快乐的事情吗？司马光不禁叹道：这就是我为什么要把这个园子命之曰“独乐园”的原因呀！

史学家们通常都把《资治通鉴》视为一部鉴往资治的史学著作，而我却似乎更愿意站在一个文学的侧面去观赏。我看到，当司马光的灵魂飘浮于历史的高远，他的感知却是在自然的天地间。在他凌厉的文字里，你绝对可以嗅到春风的味道，在独乐园的树梢上空呼啸而过。

五

因为我还要匆匆赶路，
还没把美文全篇附录，
我只能先是择要叙述，
但我知道你不会满足。

我等你停下脚步，
我等你去搜百度，
我等你等到日暮，
我等你通篇细读。

可是现在，我却想让你先读一首司马光的《西江月》：

宝髻松松挽就，铅华淡淡妆成。
青烟翠雾罩轻盈，飞絮游丝无定。

相见争如不见，有情何似无情。

笙歌散后酒初醒，深院月斜人静。

你一定惊诧，或许问：这果真是司马光写的吗？这多像是秦少游的词风呀，这分明是周邦彦的词意呀，如此幽怨，如此迷情，如此凄艳，如此伤离……

你说司马光是一个严肃的史学家，我读到的司马光却是一个感性的文学家；你说司马光是一个保守的政治家，我懂得的司马光，内心里却是充满了柔软和缠绵。

读了《西江月》，再完整地读一遍《独乐园记》，又当如何？然后，再去读《资治通鉴》，也许，你便能从史学中读出文学。最好的史学，本身就是文学。

六

好啦，接下来我们还要欣赏司马光的独乐园组诗。独乐园有七景，七景有七咏，这就是《独乐园七咏》。

第一咏，《读书堂》：

吾爱董仲舒，穷经守幽独。所居虽有园，三年不游目。

明　文徵明　林庭燕坐图轴

广西壮族自治区博物馆

邪说远去耳，圣言饱充腹。发策登汉庭，百家始消伏。

这一首诗，我竟是分外熟悉。1974 年批林批孔运动，把历代的儒家都批了个遍，汉儒批的是董仲舒，宋儒批的就是司马光。批董仲舒和司马光时，这首诗便是反面教材。所以，那时就知道了，史学两司马，司马迁是好人，司马光是坏人。

当然，这是我年少时始读司马光的第一首诗，前几句我至今都能背下来。没想到，许多年以后，我苦苦追寻独乐园，却在独乐园里又邂逅到了这首诗，真觉得好有趣，又满怀伤感。

这首诗，前两句就是“我爱董仲舒，穷经守幽独”，而且通篇写的都是董仲舒如何“穷经守幽独”。史家毕竟是史家，不用说这是司马光以读书堂为题，读史咏怀，以史抒怀了。以下各咏皆是如此。

第二咏，《弄水轩》。前两句是“吾爱杜牧之，气调本高逸”。

第三咏，《钓鱼庵》。前两句是“吾爱严子陵，羊裘钓石濑”。

第四咏，《种竹斋》。前两句是“吾爱王子猷，借宅亦种竹”。

第五咏，《采药圃》。前两句是“吾爱韩伯休，采药卖都市”。

第六咏，《浇花亭》。前两句是“吾爱白乐天，退身家履道”。

第七咏，《见山台》。前两句是“吾爱陶渊明，拂衣遂长往”。

由此七咏可见，不论是独尊儒术的董仲舒，还是诗格高逸的杜牧之；不论是隐居钓台的严子陵，还是平生嗜竹的王子猷；不论是遁山采药的韩伯休，还是醉卧花间的白乐天，抑或是采菊东篱下的陶渊明，皆因其心性的超逸和情致的高格，令司马光引为知己。司马光以独乐园的七景拟为七咏，借题发挥，咏颂史上七子，却是在表明自己以古人为师的隐逸之心。

于是，我想，司马光建园初始，一定会有一个历史的远观，一定会有一个诗意的运筹，一定会有一个有温度的想法，一定是想到了要建一个自己的精神之园。

只是，我们站在历史的边缘。也说不清他是由造景而入史，还是因入史而造景；也说不清他是以借喻七景而吟颂七子，还是以吟颂七子而借喻七景。但可以肯定的是，在七咏之诗里，司马光乃是以古喻今，明史言志。

所以，司马光的七咏组诗，表面上是咏物诗，实则是咏史诗；读起来是七子诗，实则是抒己诗，我爱董仲舒，我爱杜牧之，我爱严子陵，我爱王子猷，我爱韩伯休，我爱白乐天，我爱陶渊明，却是：啊，我爱我的独乐园！

司马光好可爱，孰不爱之？

司马光的独乐园，其实并非是一人独乐，而是与古人共享，与七子同乐。所以，司马光建独乐园也好，赋写诗文也罢，都需当作历史看。因为，他有一双历史的眼睛，在历史的深处。

明　沈周　幽居图轴　日本大阪市立美术馆

史家毕竟是史家，可以把历史写成诗，但最终还是把诗写成了历史。

七

苏轼是司马光的好友。司马光偏居独乐园期间，苏轼也曾遭贬数处，流离无定，走过陈州、颍州、杭州、湖州、常州，去过密州、徐州、黄州、泗州，还游过庐山、石钟山，却偏偏没有到西京洛阳，否则，老友相聚，一定会留下诗文唱和的佳话，或许再次“墨茶之辩”，亦未可知。

都说诗在远方，苏轼确实在远方给司马光写了一首五言古诗：

《司马君实独乐园》

青山在屋上，流水在屋下。

中有五亩园，花竹秀而野。

花香袭杖屦，竹色侵盏斝。

樽酒乐余春，棋局消长夏。

洛阳古多士，风俗犹尔雅。

先生卧不出，冠盖倾洛社。

虽云与众乐，中有独乐者。
才全德不形，所贵知我寡。
先生独何事，四海望陶冶。
儿童诵君实，走卒知司马。
持此欲安归，造物不我舍。
名声逐吾辈，此病天所赭。
抚掌笑先生，年来效喑哑。

熙宁十年四月，苏轼刚刚到徐州任所，半个月后，即收到了司马光寄来的《独乐园记》。以时间来推断，可以想见当时司马光急切的心情，他是多么希望苏轼能够早日分享他的独乐时光呀。

读罢，苏轼当即提笔写下了这首五言古诗。

看上去，苏轼的这首诗应该是一封给老友的回信。由于是采取古体诗而不是格律诗的形式，可以随意转韵，不必讲究平仄，句数也没有限制，因而更为适意和自然，又平添几分古雅的韵味，是文友间较为别致的叙怀方式。

苏轼体察到了司马光对独乐园的喜爱，更为老友开心，所以开篇就给独乐园点了许多赞，文辞之美甚至超过司马光，竟如同在独乐园里身临其境一般。

但是，苏轼似乎并不相信司马光的独乐，洛阳城的人都知道司马相公住在此地，他每日肯定会和友人们吃吃喝喝，怎么可能一人独乐?

苏轼倒是认为司马光沉湎于独乐园，不关心朝政，会放弃了自己的政治抱负。于是，苏轼就循循规劝司马光要不忘初心，对世事不要不闻不问，装聋作哑。

所以，这不是一般的书信，而是类于劝谏书。

可以肯定，苏轼之所以没有去过独乐园，是因为司马光没有相邀。如果司马光写信请他，他定会赴约。苏轼哪里知道，司马光确实是谢绝了许多的朋友，闭门独乐，乐其所哉，却是身在草野，心系庙堂，风雨晨昏，笔耕不辍。

子非鱼，安知鱼之乐……

苏轼有所不知，司马光之所以独乐，是因为有一件最重要的事在做。为了写《资治通鉴》,司马光“遍阅旧史,旁及小说,简牍盈积,浩如烟海”，以致“筋骨癯瘁，目视昏近，齿牙无几，神识衰耗”，就是为了给朝廷，也是为了给国家和历史，写一部治国的大书。

司马光与苏轼虽是同路人，但心性不甚相和，政见也渐有裂隙，后来终于分道扬镳，令人唏嘘。

苏轼本是诗家，司马光本是史家。

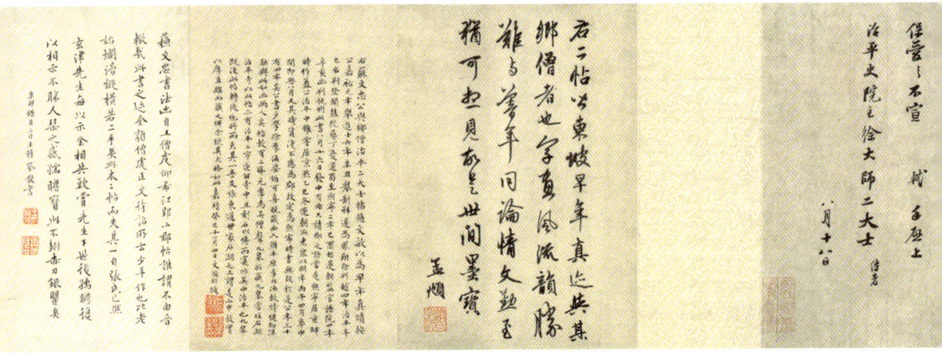

宋 苏轼 书治平帖卷 故宫博物院

苏轼逍遥快活，司马光孤独寂寞。

苏轼边走边说，司马光读书写作。

苏轼俯瞰人间烟火，司马光坐观历史星河。

苏轼是季风，司马光是沉水。

季风掠过，水起波澜，波澜不惊。

但见季风过处，莺飞草长，花开遍野。

苏轼是积云，司马光是古寺。

积云起处，梵音清越，法相庄严。

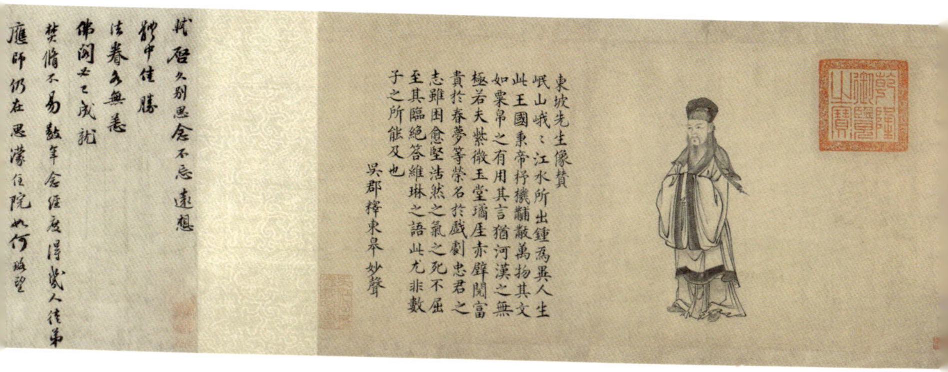

犹有积云带雨，万木葱茏，古寺清凉。

在独乐园度过了十三个春秋，司马光最终完成了《资治通鉴》，重返朝廷。从此，独乐园再无司马光，成为了一座弃园。两年之后，司马光带着对独乐园的眷念阖目而逝。

苏轼写了祭文，“然其所立，天亦不能亡也”；又写了《司马温公神道碑》碑文，一不留神还成了传世的名帖。苏轼一生，该写的文字都写了，尤以游览赤壁的一词二赋最为著名。只可惜终于未过独乐园，竟少写了一篇《独乐园赋》，于是，纸上的花园里，也再不会有那一朵绝色的牡丹。

八

苏轼没有去过独乐园，苏轼的弟弟苏辙自然更不可能去过，因为司马光和苏辙本无太多交往。当年苏辙参加殿试时，曾得到复考官司马光的赏识。只因苏辙抨击朝政，言辞激烈，最终勉强列为下等，这还多亏了宋仁宗的开明，宋仁宗讲，若是因为他的直言而黜落他，天下人会怎么说我呢？

后来苏辙入朝了，却又和苏轼一样连遭贬谪，而此时，司马光也已朝政不闻，孤居独乐园了。但是苏辙对司马光一直是仰望的，对于独乐园更是向往的，并曾写下一首七言古诗：

《司马君实端明独乐园》

子嗟丘中亲艺麻，邵平东陵亲种瓜。
公今归去事农圃，亦种洛阳千本花。
修篁绕屋韵寒玉，平泉入畦纡卧蛇。
锦屏奇种劚崖窦，嵩高灵药移萌芽。
城中三月花事起，肩舆遍入公侯家。
浅红深紫相媚好，重楼多叶争矜夸。
一枝盈尺不论价，十千斗酒那容赊。
归来曳履苔径滑，醉倒闭门春日斜。

车轮班班走金毂，印绶若若趋朝衙。
世人不顾病杨绾，弟子独有穷侯芭。
终年著书未曾厌，一身独乐谁复加。
宦游嗟我久尘土，流转海角如浮槎。
归心每欲自投劾，孺子渐长能扶车。
过门有意奉谈笑，幅巾怀刺无袍靴。

虽然苏轼苏辙均位列唐宋八大家，但史上一般认为辙稍逊于轼。然而，仅就兄弟二人的两首独乐园咏诗而论，辙却略胜于轼。品读苏辙的诗句，“公今归去事农圃，亦种洛阳千本花”，未有疑惑，只有理解；“终年著书未曾厌，一身独乐谁复加”，不是规劝，只是仰慕。还有，“修篁绕屋韵寒玉，平泉入畦纡卧蛇”，清景似嗽香，美辞若含芳；“归来曳履苔径滑，醉倒闭门春日斜”，这便是诗人的臆想和艳羡了。

然而，苏辙也只能是梦魂牵绕独乐园。那些年间，苏辙一定是想来独乐园拜望司马光的，但是，他没有其兄的洒脱和超然。苏轼遭贬，依然到处走，老子到处说。苏辙内向，隐忍，不会主动去攀谈司马光。他凡事就去找苏轼，或相互砥砺，或同游西山、赤壁、快哉亭……

苏轼写赤壁，苏辙便写快哉亭。当然，这些都是花园外面的故事。在花园里，依然是一轮孤月，寂寞花开。

九

那么，就再没有人去过独乐园吗？也不是。下面这首诗，便是一个独乐园中人写的：

《春日有怀仆射相公洛阳园》

阙塞当门外，伊流绕舍西。松筠下改色，桃李自成蹊。

稚笋穿阶迸，珍禽拂面栖。公归卧林壑，好作钓璜溪。

写诗的这位，叫范祖禹，也是个著名的史学家，对唐史颇有研究，著有《唐鉴》十二卷。此君和另一儒生刘恕一直跟随司马光编修《资治通鉴》，是独乐园里的隐身人。他的诗笔所描绘的画面，那么静好，美得令人不敢亵玩，但却是当时真实的图景。

司马光生前，人们翘望独乐园；司马光身后，独乐园更是人们追慕的地方。南宋宰相赵鼎就写有这样一首诗：

《独乐园夜饮梅花下再赋》

我有一樽酒，为君消百忧。当春梅盛发，去作花间游。

嫦娥从东来，爱此亦迟留。便欲买花去，玉玦恋枝头。
花动月光乱，月移花影流。横斜满杯盘，酒面香浮浮。
举觞吸明月，与花相劝酬。君若不尽饮，恐为花月羞。
缅想李太白，对酒无朋俦。当时明月下，还有此花不。

赵鼎还是一个文学家，诗里有他的才情。他想象司马光在独乐园的月夜，独坐梅树下尽饮，又感慨当年李白在月下自斟自饮，都未必有梅花相伴呢！

“便欲买花去，玉玦恋枝头”，“花动月光乱，月移花影流”，“举觞吸明月，与花相劝酬”，“当时明月下，还有此花不”……佳句，佳句，我第一次读来已是醉了。想必赵鼎也是醉笔成诗，诗笔成花。

只是，司马光离世时赵鼎才刚刚一岁，却说他携了一樽好酒，去为司马光解忧，司马光认识他是谁呢？想必赵鼎是在《资治通鉴》里，学到了太多的治国之道，也读出了司马光如许的忧思惆怅。不管怎么说，在这座纸上的花园里，拂尽萧萧落叶，这的确是写得最好的一首诗。

明　张瑞图　行草超然亭记卷　故宫博物院

十

饮酒诗和吟月诗，历来都是风流骚客和落野孤人的闲笔。我忽而想到了明四家之一的文徵明，他有一首极好的《江船对月》诗：

何处难忘酒，江船对月时。风声传语笑，波影散须眉。
远火山浮动，明河天倒垂。此时无一盏，水月负佳期。

文徵明和司马光相隔四百年，却是同一轮明月，同一瓢清凉，把晚风吹来的诗句镀上银光，又散发酒香。举杯邀月，对影成双，歌以当哭，慨当以慷，这样的画面太美，我已不忍仔细打量。

一个北宋，一个明朝；一个司马氏，一个文氏；一个史家，一个画家；一个大官，一个小吏；看似两不相关，遥不可及，其实经天纬地，或有因缘。

文徵明是明代吴门画派的宗师，诗书画俱佳。然而，我留意到，他十三岁时，便日诵古文数千言。这样的人生启蒙，为他日后的精神成长和艺文精进，甚至对他和司马光的幽微的关联，埋下了一个长长的伏笔。

司马光虽不擅画，但也是诗书俱佳，更是北宋著名的名臣诗人。司马光并不以书法名，却颇有时誉，曾得到欧阳修的欣赏。宋高宗也是最喜欢司马光的书法，竟“日夕展玩其字不已”。

司马光的书法作品传世很少，已知，中国国家图书馆藏有《资治通鉴》残卷，上海博物馆藏有《真书宁州帖》，台北故宫博物院藏有《天圣帖》，此外，还有《与太师帖》《自承帖》《神采帖》《道德经》等。其中《神采帖》，2010 年在上海道明拍卖公司拍出 560 万元，《道德经》也于 2018 年被英国罗斯柴尔德拍卖行拍出。

乍看司马光的笔势，结体扁平，蚕头凤尾，朴茂高古，气度雄浑，与苏轼颇有几分相似。而文徵明的书法，长枪大戟，笔意纵逸，却是实实在在地出入黄庭坚。那么，二人的书法，便因宋四家中的苏黄二家而相映成趣。

诚然，司马光是个职业政治家，或著书，或为相，得志也罢，失意也罢，都胸怀自己的政治抱负，最终，在他快要被历史遗忘的时候，却还报给历史一部日月生辉的皇皇巨著。

文徵明却生性是个文人，虽然一生求仕，然终无所成。从二十六岁到五十三岁，先后参加了九次乡试却都名落孙山，直到五十四岁时，才勉强坐到了一个翰林待诏的九品职位。

似乎是，历史给文徵明开了个玩笑；

却原来，司马光给历史开了个玩笑。

十一

五十七岁时，文徵明终于放下了，决意返回故里，专心书画。人生苦短，又当若何？孰不知，司马光五十二岁时就已退居洛阳修史去了。

文徵明筑了一室，取名“玉磬山房”，还手植两桐于庭，表示本人终于还乡，以翰墨自娱了。又写下了一首《还家志喜》，以表达自己内心的解脱：

绿树成荫径有苔，园庐无恙客归来。
清朝自身容疏懒，明主何尝弃不才。
林壑岂无投老地，烟霞常护读书台。
石湖东畔横塘路，多少山花待我开。

只是，他耐不过司马光的寂寞，却只待山花烂漫。他整日在朋友圈里诗酒相邀，酬唱赠答，又挥毫弄墨，笔墨横姿，假以时日，修得正果，终成一代书画大家。

也许书画真的可以增寿，文徵明活到了九十岁。在漫漫的天时里，文徵明创作了一幅又一幅的书画佳作，仅仅是七十一岁这一年，文徵明便画下了《长林消夏图》《松泉高逸图》《尧峰观瀑图》《疏林浅水图》。

然而，不只是心绪畅然，在他的盛年，我也看到了他的犹豫，他的迟疑，他的隐忧，他的彷徨……

他默默地画了许多图稿，相似的笔墨，相近的画意：屋舍、柴扉、台坡、池塘、奇石、春树、竹影、花丛，隐现其间的，是一个踽踽的老者。踽踽焉，洋洋焉……我忆起了《独乐园记》中相识的词句和熟悉的场景。

我无从知道文徵明是从何时始读《独乐园记》的，我想，那大概就是他年少苦读古文的那几年。只是，最初他读得懵懵懂懂。他不解，人生到底是何种的滋味？

少年，不识孤独的愁滋味；盛年，识尽孤独的愁滋味；到了暮年，天凉好个秋……

我也无从知道文徵明是从何时读懂了《独乐园记》的，但他肯定是一遍又一遍地读过了。花落流年度，他终于读懂了司马光，也读懂了自己。孤独，是宿命，也是况味。

文徵明，或是咀嚼孤独，或是享受快乐。也许，孤独终究也是一种快乐，但那种快乐，绝非常人所享。本是苦涩，本是哀伤，却要你浇开人生的山花烂漫。如果孤独不可避免，那就只有让孤独慢慢地延时，在时间的回忆中产生快感。

文徵明只是要把孤独的快乐，留到生命回放的最后时刻，在跃动而飞升的烛火将要熄灭之际，灿灿成殇。是啊，没有谁能像司马光那样，在盛年之时，便以无畏的姿态，孤独求败，而以一篇《独乐园记》，成为孤独者们最美的精神篇章。

于是，到了生命的最后一年，八十九岁的文徵明终于不再犹豫和彷徨。

十二

早春二月，大地回暖，渐有春雷。终日拥炉的文徵明慢慢起身了，前两天先是摹临了沈周的《溪山深秀图》，又仿倪云林书了一幅小楷。虽然已是暮年，但笔老墨秀，绝无衰飒之状。

这一日，没有阳光，但时光照亮了画案。文徵明开始书写《独乐园记》。他的行笔似乎来自他生命的元始，又仿佛是他一生的步履，时缓时迅，时舒时疾，时抑扬而滞涩，时连绵又逶迤。

他要写出他的黯然忧伤，也要写出他的独自彷徨；

他要写出他的悲喜苦乐，也要写出他的日短夜长；

他要写出他的来之困顿，也要写出他的去之迷茫；

他要写出遥远的独乐园，也要写出他的玉磐山房。

文徵明和司马光，两个人在不同的时空里，划出了两条漫长

明　文徵明　惠山茶会图卷（局部）　故宫博物院

而迥异的曲线，却在这游丝般的笔意下，若隐若现，若即若离，最终渐渐地聚合了。

又到了盛夏的一日，有了晴好的阳光，
文徵明的心情，也仿佛是格外的舒朗。
离生命的尽头越近，却愈是独乐若狂，
踽踽焉，洋洋焉，他走到画案的近旁。

是啊，他还没有画过独乐园的幽芳，
这么多年，他的心思都深深地隐藏。
今天，他要把墨彩都涂写在画纸上，
绘出独乐园，他常常梦见到的模样：

村居篱落，临水而筑。篱前立苍松，屋后植修竹。敞轩之中，士人倚窗凝视，远水遥岑。

当我查证了相关的史料之后，我几乎可以断定，这幅文徵明唯一的《独乐园图》，居然是他离世前的最后一幅绝笔画作。这也证实了我先前的猜测，文徵明一定会在生命的最后时刻，画出一幅萦绕他一生的独乐园的图卷。

而此时，文徵明又一遍遍把画笔蘸满了墨汁。

然后，又全文书写了司马光的《独乐园记》；

然后，又全文书写了司马光的《独乐园七咏》五言七首；

然后，又全文书写了苏轼的五言古诗《司马君实独乐园》；

然后，文徵明把画笔搁下了，向自己的画作告别。

从二十多岁起，文徵明画了整整一世，也画出了自己的完整人生。但只有画完了《独乐园图》，他才完成了所有的画幅，然后，走向生命的尽头。那个尽头，才是真正的冰冷和孤独。而在生命的这一边，孤独，就是人生最后的温暖和快乐。因此，只是在这座纸上的花园里，文徵明才找到了人生最终的归宿。

十三

但在文徵明的那些年月，他还不是绘制《独乐园图》的唯一之人，甚至不是最初之人。明四家之一的仇英，已在文徵明之先，画出了另一幅《独乐园图》，而且画面更加绵延，似原野的一缕漫漫长风，长风当歌，且听风吟……

仇英以他的生命本相观照独乐园，他想象着，那是他自己的家园。他细笔如缕，精绘如丝，纤丽而华丽，清丽而曼丽，又呵气生风，吐气成云，画出了一处他平生从未见过的最美花园。仇英一生无家，在外寄寓，只有这座纸上的花园，才是他的灵魂的独守，本体的归依。

明代四家，柑橘桔枳，各有不同。另外二人：唐寅，才华横溢却纵情声色，才不会为孤独所累，因而他的才笔，画不下一座远史的孤园；沈周，是文徵明的师父，又擅画园林，性格也宽厚仁和，与司马光的为人极为相似，却不明为何，独不见他画独乐园。同样是两条相邻的人生曲线，飘飘忽忽，却始终没有交集，平行而过。

于是，文徵明和仇英的两幅《独乐园图》，就成为两个大家自出机杼的超级画本——

文家是水墨山水，仇家是青绿山水；

文家是简淡天真，仇家是典雅蕴藉；

文家是清闲自适，仇家是萧散幽微；

文家是古韵流丽，仇家是静穆仙灵。

看似画意相似，实则画风各异。不过，仇英之与文徵明的本来不同，却是在一个“仙”字上：

都是逸，文徵明是超逸，仇英是仙逸；

都是游，文徵明是悠游，仇英是仙游；

都是骨，文徵明是风骨，仇英是仙骨；

都是尘，文徵明是烟尘，仇英是仙尘。

都是山，文徵明是青山，仇英是仙山；

都是台，文徵明是高台，仇英是仙台；

都是居，文徵明是闲居，仇英是仙居；

都是园，文徵明是乡园，仇英是仙园。

我已知之，仇英本是一个仙人，是落世的谪仙，是天命的画仙，故而仙笔翩翩。

文徵明比仇英年长二十八岁，二人亦师亦友，惺惺相惜。仇英一生只有作画这一件事，在他看来，除了作画，所有的事情都是多余的。仇英也只有孤独这一种心情，对他而言，作画是他的孤独，但孤独才是他的快乐所在。因为孤独，所以独乐。他以自己的一生，到底诠释了独乐何为。

当文徵明画出《独乐园图》时，仇英已经离世，终于没有看到文徵明的画图，这是仇英的遗憾，却更是文徵明的悲哀。然而，我似乎看到，在文徵明的画笔里，竟浸蘸着对好友的缕缕伤思。

为了纪念好友，文徵明把自己的暮年书作《独乐园记》，拿去与仇英的《独乐园图》合卷，那是两人的灵魂之笔，天作之合，相映生辉。知乎？仇英！从此，文徵明便在独乐园，这一座纸上的花园里，与君同游。

十四

近悉，美国洛杉矶博物馆拟举办一场“仇英艺术特展”，展品中便有克利夫兰艺术博物馆收藏的仇英《独乐园图》。又知，在此次大展里，还有一幅特别的展品，是仇英之女仇珠的画作，居然也是《独乐园图》，却是仇英之作的摹本。

仇珠自幼便随父作画，细笔工致，精雅清幽，画风承继家父，明代文学家王穉登便说仇珠“绰有父风”。父女两幅《独乐园图》，看似同出一笔，几无二致，画韵却若淡墨轻岚，略有不同。仇珠的摹本，似多了一分女人的细秀，又添了一丝女儿的绵思。那回转而缱绻的清笔，勾连着一个女儿对父亲的依依深情。

因此，此次仇英仇珠两画的同框同展，是父女二人远在他乡的旷世双会，又是两幅《独乐园图》的绝世合璧，意义已超出了绘画的审美层面，更深地潜入到艺术的生命本源。

这幅仇珠的《独乐园图》，我早些年就见过。先是2010年秋季曾在保利艺术博物馆展出，随后在2011年春季的嘉德拍卖会上，最终拍到了897万元。不过，只是因为仇珠其人，才让我记住了这幅画图。

从那时起，我便开始关注独乐园，走近这座花园的主人、纪事、诗文、书画，感知历史的余绪和悠远的气息。然而，我对于

明　文徵明　云山图轴　上海博物馆

独乐园的最初的好奇，实在是另有因缘。仇珠，这个珠玉般的名字，原来竟镶嵌在我幼时的记忆里。

我的父亲好古。记得小时候，家徒四壁，却总是挂着几幅古旧的书画。客厅里挂着董其昌、王原祁，书房里挂着傅山、文徵明，而在我的床头，就挂着一幅仇珠的《达摩渡江图》，落款为“杜陵内史沐手敬绘”，“杜陵内史”即仇珠的别号。

画幅不大，但笔墨秀劲，线条清致。我每天躺在床上的时候，一抬眼就是画上的达摩。也算不上是赏画，而且是熟视无睹，更说不上对这幅画有多喜欢，却是日夜相见，遂成记忆，从此往后，人生漫卷。

明人于谦有一句诗：“书卷多情似故人，晨昏忧乐每相亲。”书卷若此，书画莫不如是？所以，日后，我对仇珠的画，自然是有一种天生的嗅觉和特殊的情愫。

近些年，我四处搜寻，也收藏了仇珠的两幅画，一幅是《奏乐图》，另一幅是《魁星点斗图》。我还写过一篇读解仇珠的美文，一直存在旧手机里，却怎么也找不见了。印象中，那样的文字，真如梦笔，层层生花，不会再有。

因为仇珠，我还加上了她的夫君画家尤求为好友，见过他的《风云起蛰图》，此画原为邓拓旧藏，笔参造化，自成一格。尤求还是明代白描名手，有《白描渡海罗汉图卷》，画笔纤素，尤有清味，夫妻二人堪称珠联璧合，佳偶天成。爱屋及乌，爱珠及椟，但珠是珠，椟是椟，我不会买椟还珠，因为我原本就是寻珠得椟。

因为仇珠，我还链接了清代才女诗人蔡琬。仇珠身后二百年，蔡琬小楷书录了司马光的《独乐园记》，笔笔精丽，字字生香，又与仇珠的《独乐园图》合为一卷，置为题跋，锦上添花。蔡琬是八旗闺秀文学之首，读她的一首《冬夜》，便见女诗人之心性，知她如何能不感于司马光的情怀和仇珠画笔下的故园：

耿耿兰缸暗，沈沈夜气清。梦回残漏永，月在半窗明。

乡思兼愁思，砧声复雁声。故园归路杳，何日慰离情。

仇珠的画存世稀少，每一幅画的所在我都会记得清楚。只是仇珠的这一幅《独乐园图》，拍卖后却一直不知去处，忽闻重又现身洛杉矶的“仇英艺术特展”，竟令我有人生倥偬又再遇故知之感。

然而，我隐隐看见，在独乐园的幽秘深处，有一枝纷披又缥缈的飞花，倏忽而坠，触不可及，却成为这座纸上的花园，最后一抹暗香疏影。

十五

已是日暮，不知归处。各位，我们沉湎故园既久，犹未把《独乐园记》字字读完。殊不知，作为一个史官，司马光在结笔处自然是精于议论的。虽然寥寥数语，但一定是全文的点睛之笔——

谁说君子之乐必与人共之？我的快乐便为我所独享，因为并不可能为世人皆所向往，我也不想强加于人。当然，若必也有人肯同此乐，我一定会与子共享。

黄钟大吕，戛然而止，金石之言，余音不尽。原来，司马光所言独乐，乃是寻寻觅觅的知音之语。高山流水，百转千回，苍天明月，笙磬同音。只有读完全篇，才能终解其意。

司马光以一篇《独乐园记》，开笔书写了一座纸上的花园，一座千古知音的心灵花园。千年即逝，犹见其光，司马光的描摹之笔，便成为访客们的共同读本。虽然独乐园早已成为废园，但是，纸上的花园，纸间的雅集，清风自来，鲜花自开，明月之下，让游子们徜徉于心，归去来……

此时，空中飘来司马光的一纸《对菊》，似是与我的邀约之诗：

凉风正萧瑟，好月复徘徊。幽兴眇不尽，芳樽时一开。

余英盖红叶，坠露湿苍苔。从此东篱下，应忘归去来。

十六

归去来，我寻到这座纸上的花园，来来往往已近十年，却不知下一次何时才能故园重返。常常地，人生中一别就是不见，短暂的相辞可能就是永远。

归去来，我寻到这座纸上的花园，与故友们相见如面，蓦然回首谁知那人却在灯火阑珊。默默地，把苦酒倒入我的杯盏，孤独的泪却做欢心的笑颜。

归去来，归去来，从此东篱下，应忘归去来。

（20200403，庚子之春）

明四家的月光

一日之内　上午　午后　下午　黄昏　夜晚　寻访明四家

很多年没有去过苏州了，白墙黛瓦的记忆已渐渐褪去，小桥流水的印象也淡淡模糊。这次从南通绕行苏州坐高铁回京，顺道在苏州一日访古。

其实，仅仅是不想被滚滚的人流淹没，仅仅是不想看到一座古城搔首弄姿的时尚模样，所以，这么些年了，不去也罢。

但是，我心中却总有一个剪不断的情结——明四家的苏州。四五百年前，苏州有一个著名的吴门画派，对画坛的影响巨大。其四个大家沈周、文徵明、唐寅、仇英，史称“明四家”，都生活在苏州。我翘望吴郡，观瞻吴门，心中总不免会惦念着明四家的苏州。

不要过吴门而不入，还是去看看明四家吧，这也算是我再访苏州的一个理由。

朋友驱车，携我从南通一路驶向苏州，寻访明四家的遗踪。

上午

明四家之首是沈周，恰恰我们的访古行程也是从沈周故里开始。

沈周的故园在苏州相城区阳澄湖镇。阳澄湖，这是一个蟹味飘香的名字啊，我们却不闻蟹香，只顾找路。路过了沈周村，驶上了沈周路，快哉！这莫不是我梦寻的地方吗？一片片农田掠过身后，一座座农舍映入眼帘，当年，这就是沈周飘然生活的乡里啊！

沈周的祖居名“西庄”，沈周的老友吴宽所筑的庄园名“东庄”，如今，这些旧时的名宅早已湮没在历史的尘埃之中而不复见，只能是在沈周的画中怀古了。

沈周曾画有《东庄图册》，24 帧小幅画页，描绘了吴宽庄园的清幽景致，帧帧精雅曼丽，令人珍赏不已。

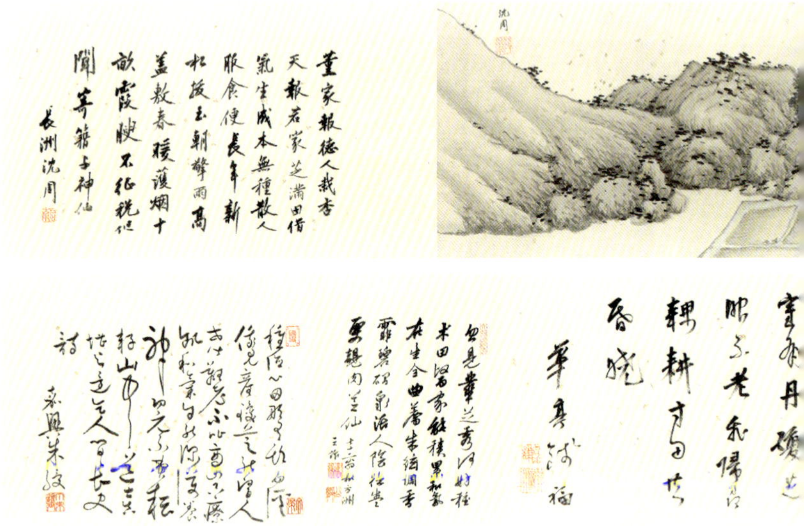

明 沈周 芝田图卷 故宫博物院

沈周在他的许多画作上，都曾题写过美妙的诗句，我记得有这样一首：

碧水丹山映杖藜，夕阳犹在小桥西。
微吟不道惊溪鸟，飞入乱云深处啼。

其实，沈周赋诗，大多是在吟唱他的家园。面对着家乡的清

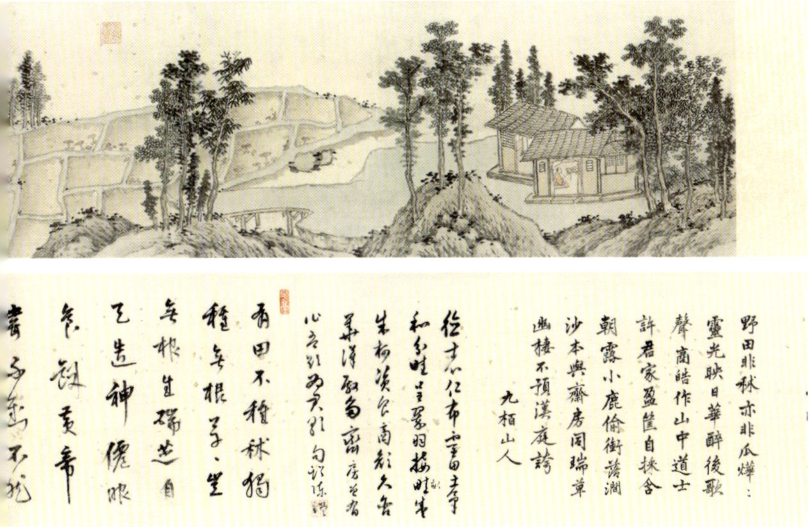

丽风光，他不禁题诗赞道：

嫩黄杨柳未藏鸦，隔江红桃半著花。

如此风光真入画，自然吾亦爱吾家。

车停下了，路边矗立着一座古墓坊，一条石道蜿蜒前伸，尽处便是沈周的墓冢。

清寂的湖水，萋萋的丛林，孤兀的碑亭，沉穆的坟茔，构成一幅凄美的静世画面。

这画面，在沈周的山水画幅中，竟是如此的熟悉，恍惚间，似乎我并不是来拜谒沈周的墓地，倒是在观赏他的《吴中山水图》呢！

在这种亦幻亦真的感觉中，我默默地吟咏着沈周在去世的前一年写下的一首诗：

似不似，真不真。纸上影，身外人。

生死一梦，天地一尘。浮浮休休，吾怀自春。

沈周的曾祖父沈良琛是元代大画家王蒙的书画好友，祖父沈澄也是一个有名望的画家，父亲沈恒又是明代画师杜琼的学生，伯父沈贞也以诗文书画闻名乡里，并曾于宣德三年为宣德帝朱瞻基的画卷题款。沈家可谓书画世家，风雅满门。

沈周出生在明代宣德年间，那是一个风华千古的时代。宣德皇帝雅赏翰墨，是宋徽宗之后的又一个皇帝画家。

沈周早年承受家学，后出入宋元各家，特别是继承了五代董源、巨然以及元四家的绘画技法，兼善其长又自出机杼，终于突破了宫廷院体绘画及浙派绘画的籓篱，开创了吴门画派，成为新

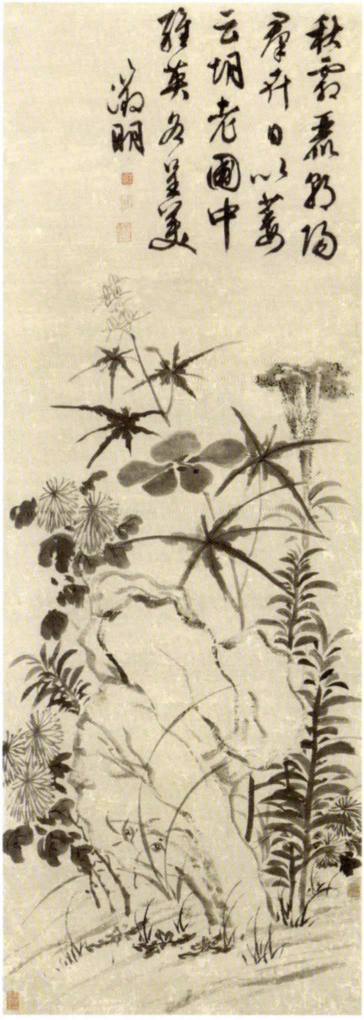

明　文徵明　秋花图轴　故宫博物院

一代画坛领袖。

沈周画过许多小幅图册，如《虎丘十二景图册》《雨江名胜图册》《卧游图册》《诗画合璧册》《写生册》，等等，实为明代册页绘画第一家。小幅大作，雅韵清赏，尽现吴门画家的文人情致。

元代至正年间，大画家黄公望为无用道师画下了不朽诗画《富春山居图》。一百年后，沈周最先从无用道师的后人处收藏了这幅旷世名迹，并留下了一篇长跋，称赞此画的墨法笔法深得董源巨然之妙，说“此卷全在巨然风韵中来”。

膜拜之后，沈周还倾力摹写了《仿黄公望富春山居图》。从此，一先一后两本《富春山居图》便各自开始了漫漫的岁月飘零。

沈周平生画下了许多传世名作，有《仿董巨山水图》《烟江叠嶂图》《云际停舟图》《盆菊幽赏图》等等。然而，《庐山高图》却是我最喜欢的沈周山水画，也是沈周最重要的代表作。画面山势壮阔，层峦叠嶂，水帘高悬，草木茂盛，繁复而密实地描画了庐山的胜景，令人叹为观止！

但不可思议的是，沈周从未上过庐山，那么沈周是如何画出庐山的呢？况且沈周在此之前的画作也多是盈尺小景，恰恰他四十一岁时所画的《庐山高图》一变而为“高图”，也是从此以后，沈周的大幅画作才渐渐多了起来。

只能说，《庐山高图》完全是沈周的神来之笔，是天启，是神意，如有神助！难道沈周本是一个画画的神仙？

文徵明就说他是神仙中人。

沈周在《写生册》上自题："若以画求我，我则在丹青之外矣！"

问了路旁扫地的老师傅才知，很少能见到有人来访沈周墓，就是在轰轰烈烈的"文革"岁月，也没有人来挖坟砸墓。邻近的沈周村里也已没有沈周的后人，没有人去关心沈周是谁，只知道这是一座老坟，这里便成了一处隔绝的清世。

只是，今日我来了，似乎是和沈周有一个前世的约定。沈周五百年前的咏怀诗，宛若就是我此行才刚刚写下的：

去年人别花正开，今日花开人未回。
紫恨红愁千万种，春风吹入手中来。

沈周在世时，虽然声名显赫，却过着隐逸的遗世生活；沈周死后那么多年了，他的墓园依旧超然世外，不落凡尘，而他也早已成了真正飘然世外的神仙。

"沈周啊，他是唐伯虎的师父！"拿着扫帚的老师傅大声地说了一句。对呀，唐寅早年曾随沈周学画，只是，今人只知风流

明 沈周 九段锦册 松下弹琴 日本京都市美术馆

的弟子，却不认吴门的掌门师父了！

午后

文徵明是唐寅的好友，同庚又同为乡里。他早年观沈周画《长江万里图》，钦羡不已，因而也拜在沈家学画。

文徵明墓离沈周墓不是很远，也在相城区，位于元和镇文陵村，只是现在这里已经完全开发成一个现代大都市了，此地也已改名为“文灵路”。

我们的车在导航中转来转去，在滚滚的车马人流中缓缓而行，最后只得弃车徒步。在一个阔大的商业建筑背后，钻过一片杂乱的工棚区，踩过一片搁荒的泥洼地，再绕行一条已经污浊不堪的半月形的照池，在照池的内侧，一个树木葱郁的孤岛，便是文陵。

走过一条丈余长的条石，就上了小岛。顷刻，沸沸攘攘的都市噪音已全然不闻，古老的莲花菩提树下静谧清冷，肃穆森严。

踏上墓道，路过两侧相对而立的四尊石兽，迎面便是一巨大的墓冢。只见墓前石坪居中处竖立着一块高大的石碑，上面镌有“明公文徵明之墓”七个朱漆大字。当我一步步走近，突然，百鸟齐鸣，轰然贯顶，振聋发聩，令人惊诧！

我伫立在碑前祭拜，怀想着当年辉煌的文家气象。文徵明出身名重一时的文人世家，其父文林，本名梁，因崇尚元代书画大家倪云林，改名为林，并建怀云阁。文林曾在南京和温州做官，为政清廉天下传，著书立言十二卷。

其子文彭、文嘉，还有文氏家族的文伯仁、文伯汇、文元善、文从简、文淑、文震孟、文震亨、文从昌、文从忠，都是史上声名显赫的大文人和大画家。

文徵明的学友和弟子众多，王宠、陆师道、陆治、陈淳、钱谷、居节、周天球等都是颇有名望的杰出书画家。文家的文脉绵延深厚，可谓中国历史上屈指可数的文豪世族。

文徵明最为推崇元代画家赵孟頫、倪云林，将元代画风融入吴门画派，成为明代第一画家。文徵明的绘画兼善山水、兰竹、人物、花卉。

我家原藏有一幅文徵明的兰竹手卷，兰竹倚石，仙风摇曳，笔墨清润，雅逸舒展，父亲当年曾请启功先生赏鉴，启功看了后连声道："这幅好，这幅好，其他的画都可以不要了！"

细观文徵明的山水，在春林深处，时而会隐现一个幽人，身着红衣，翩翩而至。静谧的山景，染上朱红一点，竟也分外清朗。

我极珍赏文徵明的《听泉图》，只见一红衣高士踞坐石岩，静听泉音，心净若水，大化自然。

画史上有许多大画家都画过《听泉图》，宋人郭熙，元人曹知白，以至文徵明的老师沈周，还有明清画家陈洪绶、石涛等人，都有《听泉图》传世。唯文徵明的《听泉图》，只因高士身着的朱红衣衫，而显得格外高致。

我曾经思忖，这个幽人竟是何方人士？莫不就是文徵明自己？却终无求证。只是看了上海博物馆藏的《停云馆言别图》，才有了确切的心解。

文徵明在五十岁时画下了这一幅停云馆图，画幅上有两位高士，一位素服；另一位，身着红衣。从画上的题识可知，这原是文徵明和他的好友王宠惜别的场景，而停云馆恰是文徵明的书馆。这就印证了这位身着红衣的幽人，果不其然，就是文徵明的自画。

文徵明一生不仕，淡泊澄明，他的身心只在粉图黄纸和春山秋水间。而那一抹朱红，分明是他生命的真色，心性的外显。

文徵明在晚年时曾多次画过赤壁。五十七岁时，他始画《赤壁赋图卷》；七十九岁时，他又画过《仿赵伯骕后赤壁图》；八十三岁时，他又画下《赤壁胜游图》；而他去世前画的最后一幅画则是《前赤壁舟游图》。也许，与苏子同游赤壁之下，羽化而登仙，乃是文徵明的心之所往。

七月既望，苏子与客泛舟游于赤壁之下，……飘飘乎如遗世独立，羽化而登仙。

当然，文徵明会更执迷于描绘他所神往的天界仙境。他曾为王守、王宠兄弟作《仙山图》卷，历时八个月倾心而成。其子文嘉在画上题跋，言及文徵明作这幅画，“每下笔必以宋元诸公名画摹仿，故卷中树、石、人、马皆法赵松雪，屋宇则全学宋人”。

文徵明的传世画作很多，篇篇皆是妍美精雅之作。有一长幅《蕉石鸣琴图》，画面上惟见一高士独坐在芭蕉嶙石前轻抚古琴。清谷弦音，高山流水，可在纸上听。然画上的题跋竟占了整幅的三分之二。文徵明用墨色密布的蝇头小楷题写了千字《琴赋》，笔笔工丽娟秀，字字雅逸清灵，真乃书画合璧之作也。

文徵明的书法同样名扬海内，他的小楷造诣极高，我最喜爱他的《前后赤壁赋》《离骚经九歌册》《落花诗册》《西苑诗》几种。他九十岁时尚能书写小楷，笔力犹存，达到了人书俱老的至高境界。

文徵明不仅是一位伟大的书画家，还是一位优秀的诗人，一生写过大量诗歌，多为感兴、纪游、题画之作，诗风悠然淳美，风雅清扬。我曾读过他的诗文集《甫田集》，书中一首《山行图》的题诗堪称诗画：

高涧落寒泉，穷岩带疏树。山深无车马，独有幽人度。
幽人何所从？白云最深处。出山不知遥，愿见人间路。

读这首诗，不就是在赏一幅画吗？真可谓，画家的诗入画，诗人的画如诗，文徵明乃是一位杰出的诗人画家。

据说，苏州古典园林的代表作品拙政园也是文徵明设计的，并曾绘图三十一幅。果真如此，文徵明就还是一位出色的园林设计家呢。

明 沈周 九段锦册 田家耕作 日本京都市美术馆

仁者寿，文徵明活到了九十岁。辞世前，文徵明正在为一逝者书墓志铭，还未写完，便置笔端坐瞑目了，俨然是羽化而登仙。

在文徵明的墓前，我燃上一炷心香，奉祀神明；又从坟茔上摘取三四片草叶，感知仙灵。

下午

虽然唐寅并不是明四家的魁首，但是，因了冯梦龙附会出一段唐伯虎点秋香的故事，以至于有“凡有井水饮处，即能言唐伯虎”之说，故而唐寅在明四家中的知名度却是最高的，唐寅的墓自然也是修得最大的。

唐寅园是一个现代的仿古旅游景点，占地近万平米，每年都要接待一百万的游客。园里虽有几间唐寅纪念陈列室，却没有一幅唐寅的书画真迹。除了渲染一番唐寅的风流情史外，这里不知道还能让游客看到什么？真是无趣。

随着攘攘的人群拥进唐寅园，简单地看了看坟冢便出了园，算是到此一游。

唐寅才情横溢，诗书画俱佳，世称“江南第一风流才子”。唐寅一生恃才不羁，放荡不羁，平日饮酒挟妓，纵情声色，却并不得志，怀才不遇，屡受挫折，曾与他的好友文徵明失和多年，甚至还经历过牢狱之灾和丧子之痛，其实是个悲情才子。

在绘画上，唐寅远法宋元水墨，近师周臣沈周，擅画山水、人物、花鸟，笔法俊秀雅致，潇洒飘逸，被称为“唐画”，名气很大。文徵明就评价他的画道：“知君作画不是画，分明诗境但无声。”

辽宁省博物馆藏有一幅唐寅的《虚谷听竹图》，为清代书法大家王文治所珍赏，并留下一段跋文。只见画面上一高士隐逸溪山，烟岚空灵，山竹出尘，竟完全是一片清幽仙境。诗为心声，画为心境。只是，唐寅本来的仙灵秀骨却被掩藏在其轻佻放荡的形骸之下，竟为世人所不识。

然而，唐寅的旷世才情，终不能为其风流所掩，以至于文徵明评他："当为本朝丹青第一。"

且不论唐寅那些众目睽睽的巨幅大作，只说他的那些少为人知的扇面小品，如《松荫高士图》《临流倚树图》《柳溪独钓图》《枯木寒鸦图》，清旷辽远，萧疏寥廓，墨韵秀雅，焕然神明；还有《雨竹图》《蜀葵图》《葵石图》《芍药图》，淡墨轻岚，气韵湿润，点染简素，不拘物象，都是唐寅心有纵逸之趣或意境苍凉之作。

只是，唐寅的画名太盛，因而唐画的赝品极多，且不说唐寅生前死后都有一些人借他的画名欺世谋利，甚至当时唐寅就请他的老师周臣为他代笔，故而也常有人将周画的款印挖去再作伪唐画的款印钤上，冒充唐画了。上海博物馆有一幅唐寅款的《东方朔偷桃》，古书画鉴定大家徐邦达多年都未能断其真伪。

唐寅亦工书法。他取法元代赵孟頫，行笔婀娜有致，顾盼生姿，代表作便是《落花诗册》。沈周昔年曾悲吟十首《落花诗》，泣诉自己老年丧子的哀痛。唐寅为此和了沈周三十首《落花诗》，篇篇诗句催人泪下，哀婉凄绝；字也写得圆润秀雅，玉骨丰肌，是唐寅书法的最美篇章。

如同他的书和画，唐寅的诗，也确实写得才情并茂，风流倜傥。

明　沈周　九段锦册　寒林归艇　日本京都市美术馆

唐寅最仰慕苏轼的诗才，也许是惺惺相惜，或者是知音难觅，苏轼的诗句，分明是他隔世的诗情。他读过苏轼的七绝《春宵》：

春宵一刻值千金，花有清香月有阴。
歌管楼台人寂寂，秋千院落夜沉沉。

如此春宵佳句，怎能不令唐寅触目伤怀？便依此字词和诗韵，摹写出了一篇诗意绵延的七律《花月吟》：

春宵花月值千金，爱此花香与月阴。
月下花开春寂寂，花梢月转夜沉沉。
杯邀月影临花醉，手弄花枝对月吟。
明月易亏花易老，月中莫负赏花心。

唐寅最喜桃花，他的堂宅名桃花庵，他也自号桃花庵主，还曾做过一首《桃花庵歌》：

桃花坞里桃花庵，桃花庵里桃花仙。
桃花仙人种桃树，又折花枝当酒钱。
酒醒只在花前坐，酒醉还需花下眠。
酒醉酒醒日复日，花开花落年复年。

唐寅行乐之暇，画过许多仕女图，但欢娱之后，也写过许多悲戚的诗句，如《叹世》：

人生在世数蜉蝣，转眼乌头换白头。
百岁光阴能有几？一张假钞没来由。

当年孔圣今何在？昔日萧曹尽已休。
遇饮酒时须饮酒，青山偏会笑人愁。

唐寅五十岁生日时，回望往事，流水落花，风吹雨打，不禁唏嘘。他画了一幅《自寿图》，还写了一首《五十言怀诗》，且醉且饮，半疯半癫，又嘲又讽，自比神仙：

醉饮狂歌五十年，花中行乐月中眠。
漫劳海内传名字，谁信腰间没酒钱。
书本自惭称学者，众人疑道是神仙。
些须做得功夫处，不损胸前一片天。

唐寅晚年生活困顿，风摧残枝，“春尽愁中与病中，花枝遭雨又遭风”，五十四岁便病逝了，临终前写下了一首绝笔诗：

生在阳间有散场，死归地府又何妨。
阳间地府俱相似，只当漂流在异乡。

唐寅生前饱受人们的非议，流言蜚语扑面而来，身后人们却只记得他的浪名与绯闻。世上有谁人能够理解他的郁郁苦闷，体

明　唐寅　墨竹图轴　故宫博物院

会他的真实心境？又有谁人能够读懂他的诗书画，欣赏他的才情逸气？“多少好花空落尽，不曾遇着赏花人”，知音难觅，弦断有谁听！

最懂唐寅的，莫过于文徵明。唐寅死后，文徵明悲戚不已，写了一首挽诗《怀子畏》，思念他的同年至友：

> 曲栏风露夜醒然，彩月西流万树烟。
> 人语渐微孤笛起，玉郎何处拥婵娟。

在文徵明的冥望中，唐寅已经从桃花仙人真的变成了一个天上的神仙了。

黄昏

日近黄昏，已访了沈周、文徵明，唐寅。其实，明四家中，我最想访的，还是仇英。

因为，我对仇英知道得最多，也因为，我对仇英了解得最少。

其实，没有人真正了解仇英。

没有人知道他准确的生卒年月，只知他大致生于明弘治十一年。那一年，沈周已七十二岁，文徵明和唐寅也都已二十九岁。

所以，仇英是明四家中的晚辈。

仇英去世的时间大概是在明嘉靖三十一年的秋冬之际，离世前他刚刚画完《职贡图》，然后就从这个世界悄无声息地消失了。无人知晓他死后葬在什么地方。

我曾经在故宫博物院馆藏的《职贡图》前驻足良久。这是一幅近六米的长幅手卷，画面上绘有十一路向朝廷朝贡的藩国车马在蜿蜒的山间驮宝行进的场景。画幅的后面还有文徵明的跋文，说明当时仇英的前辈文徵明还在世，不过好像就是此后不久两人就都先后辞世了，不知这其中有没有什么玄秘的因果勾连。我直想从这画幅的隐秘处寻出仇英悄然离世的天机，但只见群山连绵，白云缭绕，簇拥的猎猎旌旗在滚尘中渐渐远去……

天地茫茫，我只能去寻访一棵老银杏树。

在苏州城阊门内下塘街十七号，我找到了这棵在夕阳下扶摇的老银杏树，叶片已经落尽，枝桠依然挺拔。这竟是仇英当年亲手植下的明朝古树啊，披历岁月风霜，阅尽历史沧桑，却还在做着一个几百年的旧梦，守望着那个植树的故人。萧萧风声中，我依稀能够听到古老的树神一声声的呼唤：仇英，魂兮归来！归去来兮！

明四家中，仇英的出身最为低微。他原本是太仓县的一个小漆匠，十五六岁时只身一人跑到繁华的苏州城学画卖画，又先后寄寓在几个大收藏家中作画。他在苏州街头作画时被文徵明赏识，两人由此成为忘年交，许多画作也都由文徵明父子题识。

仇英没有更多的生平事迹，他来到这个世界似乎就只有作画这么一件事。他应天而来，他要画的画想必是有定数的，他把他来到世间必须要画的画都画完了，他就离开了这个世界，无影无痕。

沈周、文徵明、唐寅都是诗、书、画俱佳，但仇英只擅绘画。仇英没有写过诗，他不是诗人。仇英没有留下书法，他不是书法家。他既不是显人，也绝非隐士。他不是名士，他甚至不是一个文人。他就是一个纯粹的画师。他的全部生命都是绘画，他的画作就是他的生命的基本观照。

仇英早年曾为文徵明画过一幅《梧竹书堂图》，明显地表现出吴门文人画的画风对他的影响。画图中，梧桐高阔，丛竹青翠，用笔工整细密，风格简淡从容。但此后，仇英却是以青绿山水的高古画法在明四家中独树一帜，卓尔不群，蔚为大家。

青绿山水的主要矿物颜料石青、石绿原由西域传入中原，晋唐时期多用来绘制宗教画，其纯净、明亮、重彩、凝厚的颜色，尤其适于表现天界高远的氛围和森然的气息。仇英的青绿山水，仙逸曼丽，妍雅至极。有明人评他："发翠毫金，丝丹缕素，精丽艳逸，无惭古人。"

仇英的青绿山水多为大幅，而他的《清明上河图》则为十米长卷了。仇英的《清明上河图》摹写了宋人张择端的《清明上河

明　唐寅　芍药图扇　故宫博物院

图》，虽然同是描绘清明时节的市肆街景，但殊有不同。

张择端画的是汴梁城，是一幅宋代的风俗画；而仇英画的是苏州城，却是一幅青绿山水，是明代最伟大的史诗巨作。

仇英的青绿山水多为仙境。而他的《清明上河图》，既画出了清明时节的民俗万象，又笼罩以一种仙灵宁和的天界气息；既描绘了苏州城的市井繁华，又烘托出一种隐秘虚幻的神幽意境，将人间诗化，幻化，虚化，仙化，化为一片丹青仙域。

观仇英的画，总觉得他是在天上俯瞰人世，他的画都是在天上画的，他画的是天界，也是人间，是天界的人间。他能让天界的幻象和人间的万象融汇于他的笔墨之间，映现在他的逶迤无尽的青绿山水中。

访明四家，如访仙人，如入仙境。沈周是飘然世外的神仙中人，文徵明是羽化而登仙，唐寅也是桃花仙主，而仇英神逸，灵致，旷世，超绝，看他的画，看他的人生，他更是真正的天界仙人。

仇英，字实父，我原不解他为何偏偏自号十洲。近读清人顾复《平生壮观》，原来顾复早已言之：十洲，仙境也，焉知仇英不是从蓬莱仙府中降落人间来作画的呢？顾复甚至还说：因为仇英号十洲，所以他至今未死，只是他的魂魄又归去了仙府。

也许，仇英仙逝后真的没有陨落世间。问仇英魂归何处？其实，就在他的《清明上河图》的漫漫长幅中。

展开这幅青绿山水长卷，时时可以对视到仇英幽然的目光，处处可以感受到一个艺术的神灵还在搏动的脉息。大鸟在天空折翅了，清明时分，他的生命的灵羽就散落在这丝丝缕缕的笔触中。

于是啊，再过若干时日，迎着清明的纷纷细雨，我真的还会再来，探看仇英手植的银杏树，神游仇英青绿山水画幅中的苏州城，寻访苏州城中飘逸的仇英的仙灵……

再来写，仇英。

夜晚

夜幕降临，月出皎兮。抬头举望苏州城的明月，不禁想起唐人张若虚的诗句：

江天一色无纤尘，皎皎空中孤月轮。

又想起唐代大诗人李白的《把酒问月》：

今人不见古时月，今月曾经照古人。

这一夜，我眺望着苏州城的月亮，心中总是在遥想苏州城的明四家。今月呵，几百年前就曾经照见过明四家的蒙蒙绿水，袅袅青衫。那时，那月，也一定是如此清澈明亮，银华流苏。

只是，今人却真的不能穿越时空，望见明四家的古时月吗？

虽不能“一日看尽长安花”，我却是一日尽访明四家。这一日的寻访，这一夜的凝望，也许，已让我望见了，明四家，那古时的月光。

庚子年的夏天

谨以此文纪念

孙承泽写作《庚子销夏记》三百六十年

一

北京西山的樱桃沟里有一处山谷，名退谷，冈阜回合，竹树深蔚。退谷里建有一座别墅，三百年间，这里曾经先后住过两个退翁，一个是明末清初的孙承泽，号北海，又号退谷，别号退翁；另一个是清末民初的周肇祥，也有一别号退翁。

孙承泽是山东益都人，益都古时曾为北海郡，故孙承泽自号北海，又或取意《庄子·秋水》：“顺流而东行，至于北海。东面而视，不见水端……天下之水，莫大于海。万川归之，不知何时止而不盈”；而他的别号退谷、退翁，则更是沾濡了《庄子·齐物论》的况味。

别墅取名“水流云在之居”，语见杜诗“水流心不竞，云在意俱迟”。别墅筑于一高台之上，乔木荫之，可尽览林泉之胜。山涧对面，便是一座退翁亭，相传原为孙退翁所建，据说孙退翁也曾镌有“退谷”二字，却久已阙如，亭柱上只见得周退翁题写的一对楹联，出自唐朝王维的《终南别业》：“行到水穷处，坐看云起时。”小亭翼然，亭前水可流觞，似可让时光浅浅倒流，若有遗世之感。

清初顺治十年，吏部右侍郎孙承泽从朝中退后，归隐退谷，造室著书，《四库全书》便收录了他在山中二十三年间写下的二十三部著作，涵盖了史志、经学、风物、艺术，堪称一代名流大家。如今，当我揭开他的书页，依然能观到他的纸间山色，听到他的笔底风声。

民国七年，周肇祥买下了这座别墅，成为了退谷的新主人。周肇祥曾做过湖南省代省长，后来履职古物陈列所所长，又担任中国画学研究会会长，精通文史鉴藏，尤好翰墨丹青，是一个饱

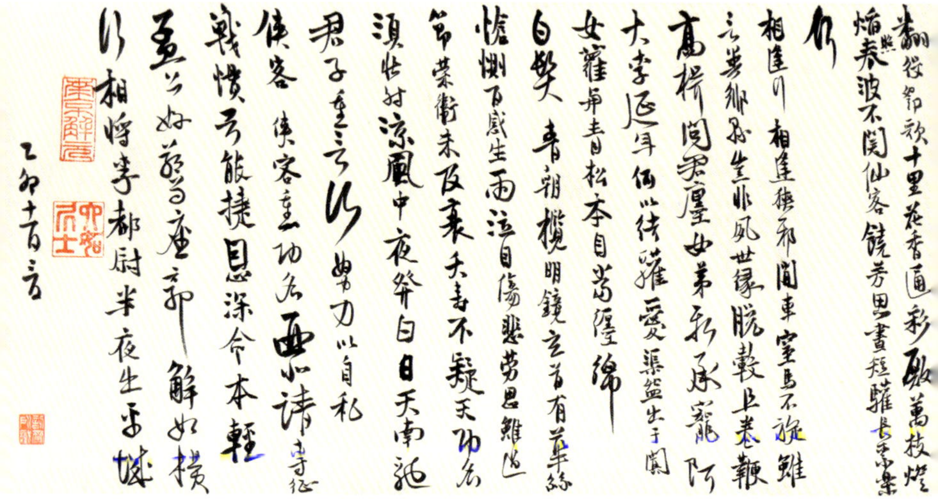

明 唐寅 行书诗卷 故宫博物院

学之士和金石书画大师。

或许是追慕久矣，周肇祥偏偏去买了孙承泽住过二十多年的别墅，也在里面住了二十多年，而且，也给自己起了个“退翁”的雅号，仿佛，两三百年前的孙侍郎真的浑然附体了？当然，这不过是寄托了此退翁对彼退翁的悠悠之思。

在昔日孙承泽的别墅里，周肇祥读尽了孙承泽的著述 :《天府广记》《春明梦余录》《九州山水考》《庚子销夏记》《闲者轩帖考》《法书集览》《砚山斋墨迹集览》《元朝典故编年考》……

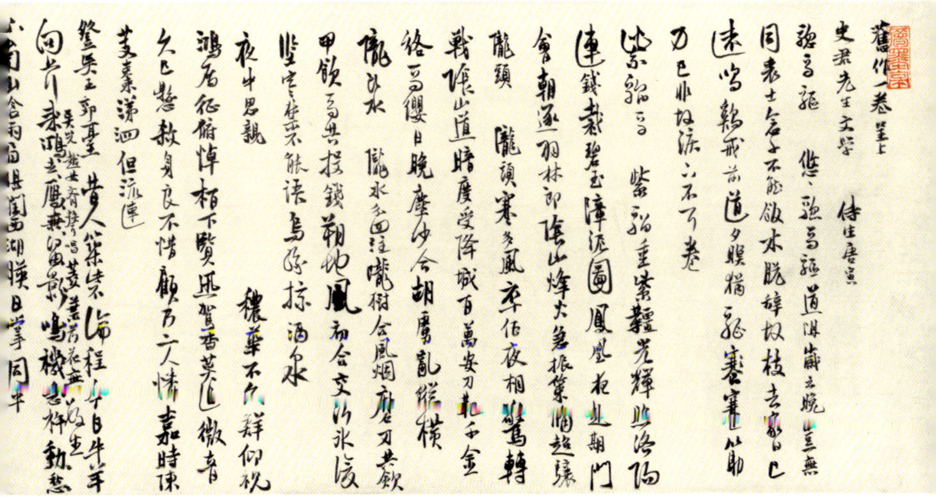

太仓之粟，陈陈相因，周肇祥也写下了诸多的书稿：《东游日记》《鹿岩小记》《寿安山志》《宝觚楼金石目》《琉璃厂杂记》《重修画史汇传》《退翁墨录》《辽金元古德录》……

同物既无虑，化去不复悔。这些记叙史地风物和金石书画的文字，真可读作孙承泽的续笔和遗篇。不用说，周肇祥沾溉于孙承泽既久，以至两人竟有那么多的相投和相似，或曰：两个退翁，一脉相承，一气相生；真若：两个时年，一川烟雨，一轮风月。

然而，踏遍红尘四百州，几多风月是良俦？周肇祥仰望天际，却只见，1660年，那个庚子年的夏天，孙承泽写下了书画名著《庚子销夏记》，才真正是水流云在，风月无边。于是，退翁亭前的流觞之水，回塘曲涧，便潆洄到了1660年。

二

1660，庚子年，并无大事发生。尽管清廷在四月便颁下迟报灾情处分例，全年却没有大的灾情。只是那个夏天，久旱不雨，奇热无比，竟连最为清凉的退谷里，林居始觉有热意。

这一年，孙承泽六十九岁了。蒸灼之下，向来心性清淡的他都已感到烦热，朋友也都不见了。孙承泽笃信佛道，却连半山不远处的广慧庵也去得少了。这个广慧庵，本是个清修之地，后来也被周肇祥一并买下了。

古人消夏，竟如修心，静能生慧，静中生凉。宋代诗人杨万里便赋有一首《静中生凉》诗：

夜热依然午热同，开门小立月明中。
竹深树密虫鸣处，时有微凉不是风。

孙承泽的微凉也不是风，是静如止水的心境。在《庚子销夏记》中,孙承泽记叙了他的夏日作息:黎明即起,译注《易经》,读解古诗,校订书稿,其间烹茶啜茗。若倦乏了,则取古柴窑小枕偃卧小憩,歇息之后便出户登上高台,望郊坛烟树,徜徉少许。然后回到书房,取出所藏书画名迹,反复赏玩,尽领其致,烟云过眼,聊以避暑。

这样一个清初文人的生活状态,精致而雅逸,品超而斯远,孰不向往之?只是,我有一事求证,孙承泽的那只古柴窑小枕,莫非是五代周世宗柴荣的柴窑所制?虽然柴窑的记载最早见于明代曹昭的《格古要论》,并被列为各大名窑之首,但世不一见,莫衷一是,竟出现在了庚子年的夏天,确是令人称奇!

我又想到,周肇祥曾任职古物陈列所,又精研古物经年,不知与古柴窑有无机缘巧合?紫禁城的风月之下,可曾闪过古柴窑的吉光片羽?

然而,不管古柴窑如何说法,但身处古物陈列所的周肇祥,一定会与浸淫于书画碑帖的孙承泽,有着某种隔世的交集。

古物陈列所原为故宫博物院前身,1914 年在文华殿和武英殿设立,藏有皇家文物二十万件。周肇祥出任第四任所长,上任后即成立鉴定委员会,对古物进行全面鉴别,并主持编辑了《古物陈列书画目录》。

孙承泽一生中收藏了大量珍贵的古代书画和碑拓墨本,或可

明 仇英 莲溪渔隐图轴 故宫博物院

推想，在孙承泽的身后，如果他的部分文物旧藏最终能够流进清宫，便有可能归藏古物陈列所，并被编入《古物陈列书画目录》，从而成为发生在周肇祥身边的故事。

且听下回分解。

三

1660年，孙承泽在退谷度过了一个漫长的夏季。有趣的是，夏日读画，孙承泽从自己的藏画里，专拣那些画面清冷之作，仿佛是读画入境了，便真的可以潜入画幅，冰凉沁骨。

这一日，孙承泽刚刚看过几卷法书碑帖，稍事歇息，又取阅了李成的《寒林图》，“暑月展之”，“令人可以挟纩”，是说画卷里真有寒意阵阵袭来，观画还要披上棉衣方可呢。

李成，五代宋初画家，生于营丘，人称营丘。北宋的米芾在《画史》中称李成为“古今第一”。《寒林图》是李成最重要的代表作，古木夭矫，雪天凛冽，气象萧疏，烟林清旷。清代名家王玖有诗赞曰：“营丘李夫子，天下山水师。放笔写寒林，千金难易之。”

伫立霜天寒林之下，李成一定是读了李白的《菩萨蛮》，诗笔成画，画境成诗，方画出了眼前萧落的诗景：“平林漠漠烟如织，寒山一带伤心碧。”烟如织，伤心碧，如此的佳词，才是李成《寒林图》的画幅上隐去的诗题。

李成醉心寒林，另画有一幅《小寒林图》，长松亭立，古柏苍虬，细草荒榛，寒梢万尖，也是传世名作；又画有一幅著名的《寒林平野图》，平远暮林，寥落清渺，寒蝉凄切，骤雨初歇；李成甚至还画过一幅《寒林骑驴图》，古松凌云，疏木萧森，深谷空响，荒寒幽寻，而那驴友莫不就是李成自己？

除了这一幅《寒林图》，孙承泽还曾收过落款李成的另一幅《寒林图》，然“稍乏天韵，疑是元人临本”。据悉，美国弗利尔美术馆也藏有一幅款识为李成的《寒林平野图》。

李成身后，北宋的另一个大画家范宽也画了一幅《雪景寒林图》，高山突兀，古木结林，雪色平铺，萧索寒凝。孙承泽说范宽作画，初学李成，又学荆浩。范宽与李成俱是北宋初期山水画的代表画家，双绝天下。从此，李范二人的萧寒笔墨，便成为历代寒林图的描摹祖本。虽然五代的董源先已画过一幅《寒林重汀图》，但此图落墨在洲渚重汀，溪流平远，因而本是一幅江南水景图，所以王玖便说：“唐以前无寒林，自李成范宽始画。”

随后，北宋画家郭熙提笔接龙，又画了另一幅《寒林图》，老干虬枝，山树槎枒，松皮如鳞，柏皮缠身。郭熙早年取法李成，与李成并称"李郭"，晚年开始变法，擅画春景秋色。苏轼诗曰："玉堂画掩春日闲，中有郭熙画春山。"孙承泽在书中也说郭熙"早学李成，晚能更出己意，自成一家"。

《树色平远图》是郭熙的又一幅传世名迹，与其《寒林图》的笔意已略有不同，却是孤亭木末，平楚苍然，遥艇小桥，时自映带，竟也是孙承泽的旧藏，在庚子之夏徐徐展开，缓缓观阅。

之后，便是元代的江南名士曹知白，宫廷画师唐棣，元四家之一的倪云林，明末松江派首领董其昌，清代小四王之一的王玖，近代画坛巨匠吴湖帆，大师陈少梅，纷纷仰观李成，仿写《寒林图》，极尽描摹，各具情态，终成一道画史大观。

……薄暮冥冥，孙承泽收起画卷，走出书舍，拄杖看山，望林间景趣，月色清远，木叶尽染，风烟弥漫，映在眼前的，却还是李成的《寒林图》。

孙承泽不知，在他的背后，在大清王朝的平阡远陌的尽头，周肇祥的一双时光之眼，正慢慢移过古物陈列所展陈的《寒林图》，默默地注视着他，如昨夜星辰。

四

渐渐地，寒林空蒙，水流风生，孙承泽的眼前，若真若幻，

明　仇英　双钩兰花图页　故宫博物院

又隐隐现出一座远山，竟是庐山。相传殷周时有匡氏七兄弟结庐于此，故亦称匡庐。

据《庚子销夏记》所记：这一年夏月久旱，酷热异常，慵倦之中，却也有奇异之事发生。忽有人持来一卷荆浩的《匡庐图》，谛观画面，中挺一峰，秀拔欲动，群峰巑岏，山势嵯峨，如芙蓉初绽，飞瀑一线扶摇而落，亭屋、桥梁、林木，曲曲掩映……上有宋高宗题“荆浩真迹神品”六字，并有元人韩屿、柯九思的两首题诗。

甲申之变，名画满市，竟至遍寻不见的旷世名画《匡庐图》，忽而飘飘摇摇，坠落凡间，如此天外宝物，孙承泽自然要倾箧易得。于是，这一日，便是“松风谡谡满我茅亭，暑气已避三舍也”。原来，庐山之图，亦可消暑。

荆浩是五代时期北方的山水大师，笔下山高水长，物象万千，非有老笔，清壮何穷。荆浩又擅作云中山顶，白云生谷，谷落白云，清而不薄，厚而不浊。元人汤垕称他为“唐末之冠”，孙承泽也评价他是“以山水专门，为古今第一”。

庐山本是历代诗人和画家的吟啸流连之地。唐代李白就说天下山水，庐山为最：“予行天下，所游览山水甚富，俊伟诡特，鲜有能过之者，真天下之壮观也。”白居易也在山中筑有庐山草堂，并写下了著名的庐山诗文：阴晴显晦，昏旦含吐，千变万状，不可殚纪……

相传东晋顾恺之也曾画过《庐山图》，并为史家指为第一幅真正意义上的中国山水画。只是真迹久佚，亦无存世摹本。于是，荆浩的《匡庐图》，便被认定画史上遗存最早的庐山画作，也是荆浩唯一的存世之作。

荆浩自号洪谷子，常年隐居在太行山洪谷，山静日长，吸纳万象，仅画松便数万本，又曾写下一篇千古雄文《古松赞》：

不凋不荣，惟彼贞松。
势高而险，屈节以恭。
叶张翠盖，枝盘赤龙。
下有蔓草，幽阴蒙茸。
如何得生，势近云峰。
仰其擢干，偃举千重。
巍巍溪中，翠晕烟笼。
奇枝倒挂，徘徊变通。
下接凡木，和而不同。
以贵诗赋，君子之风。
风清匪歇，幽音凝空。

风清匪歇，幽音凝空。孙承泽说荆浩“其山与树皆以秃笔细

明　唐寅　枯木寒鸦图扇　故宫博物院

写，形如古篆隶，苍古之甚”。然而我有所不解，荆浩明明每日照临太行山，却为何画出一幅《匡庐图》，何况他也并未游过庐山，会不会是顾恺之《庐山图》的摹本？晚于荆浩的北宋郭若虚在《图画见闻志》中对《庐山图》尚有记载，可见，荆浩在他的活动年代，便有可能观临此画，也未可知。

若是，荆浩便是将他的画笔，探伸进了东晋风流的清绝之地。这怎能不让人想起永和九年的兰亭：“此地有崇山峻岭，茂林修竹；又有清流激湍，映带左右，……仰观宇宙之大，俯察品类之盛，所以游目骋怀，足以极视听之娱，信可乐也。”

荆浩是一个山水画家。我崇尚他的山水墨彩，但我同样欣赏他的山水赋文。荆浩有一篇《山水赋》，本是画论，却又是文辞绮美的山水篇章。也许，荆浩本该是一个文学大家，只是，他终将清丽的山水文字，付予幽致的山水墨彩。因而，读过《山水赋》，再观《匡庐图》，眼前便只见满幅淋漓的水墨词章。

且看荆浩如何描写四时景致：

春景则雾锁烟横，树林隐隐，山色堆青，远水拖蓝；
夏景则林木蔽天，绿芜平阪，倚云瀑布，近水幽亭；
秋景则水天一色，霞鹜齐飞，雁横烟塞，芦渚沙汀；
冬景则即地为雪，水浅沙平，冻云匝地，酒旗孤村。

再看荆浩又是如何描写晓暮景致：

晓景则千山欲曙，轻雾霏霏，朦胧残月，气象熹微；
暮景则山衔落日，犬吠疏篱，僧投远寺，帆卸江湄。
或烟斜雾横，或远岫云归，或秋江晚渡，或荒冢断碑。

四时常作青黛色，晓看天色暮看云，君不见，如此精雅的文字，已经铺满了《匡庐图》的画幅。观荆浩的《匡庐图》，赏他的山水画笔，真若是在读他的美篇《山水赋》呢。

五

山色变幻，日影西斜。孙承泽阅画良久，不禁赞叹：鉴观此画，方知李成、范宽、郭熙诸家，无不是由此脱胎而来。又叹曰，荆浩的画，非关仝、范宽所能及也。

关仝师承荆浩，终成后浪，也是五代时期最重要的山水画家。孙承泽藏有三幅关仝的画作，其中一幅便是《匡庐清晓图》。与荆浩《匡庐图》的画境相因相袭，此画也是一峰中耸，奇拔雄浑，环列数峰，揖拱相向。孙承泽不禁忆起旧时曾舟过浔阳，避风江上，遥望匡庐，宛然如在目前。而今再观此画，愈感一股清淑之气，浮动笔墨之外……

五代时期的荆浩、关仝、董源、巨然，俱是山水大家。在荆、关之后，巨然也画了一幅《庐山图》，举风扶摇，一度传至宋人黄应龙。明四家中的文徵明后来见到，居然为之连题九诗，仅以之七为例：

自言远游真不俗，曾见庐山真面目。
五老之峰披白袍，玉虹万丈时飞瀑。

明四家中的沈周和唐寅，自然也是击鼓传花，续写庐山。

明　唐寅　空山长啸图　广东省博物馆

沈周和荆浩一样，并未去过庐山，却画出了一幅气势磅礴的《庐山高图》。沈周还配上了一首长长的题诗，诗的起笔便是：

> 庐山高，高乎哉！
>
> 郁然二百五十里之盘踞。岌乎二千三百丈之巃嵸。

唐寅倒是携酒亲历庐山，画出了又一幅《匡庐图》。唐寅以古人为师，又以天地为师，笔若有神，极尽臻妙，画出了庐山的大美：峰峦幽深，群木翳之，风雨溪谷，飞流危栈……唐寅作画，不可无酒，也不可无诗。诗以山川为境，山川亦以诗为境，唐寅就题诗一首，述说的却是他酒后的伤悲，似乎山川都要为之动容：

匡庐山前三峡桥，悬流溅扑鱼龙跳。
羸骖强策不肯度，古木惨淡风萧萧。

孙承泽说他夏时每日晨起，便在书房前的青藤下，辄一披阅唐寅的山水图册十二帧，可见他对唐画奈何情深，更可叹唐寅本来天赋才情，唯放浪形迹，尽如这山间流瀑，恣意跌宕，却终究是一泓澄碧清泉。

到了近世，山水大师张大千泼彩写意，绘制了一幅墨韵披漓的巨幅《庐山图》。张大千也是一生未过庐山，然而，他却是《信知胸次有庐山》：

不师董巨不荆关，泼墨飞盆自笑顽。
欲起坡翁横侧看，信知胸次有庐山。
从君侧看又横看，叠壑层峦杳霭间。
仿佛坡仙开笑口，汝真胸次有庐山。

远公已远无莲社，陶令肩舆去不还。

待洗瘴烟横雾尽，过溪亭前我看山。

山性即我性，山情即我情。张大千说他不必师法董源、巨然、荆浩、关仝，因为他胸中自有庐山，又只需泼墨飞盆，连横看成岭侧成峰的苏东坡都要笑赞他呢！

不过，张大千泼墨飞盆了一年半都还没有把画泼完，最后终于倒在自己的画幅下，让《庐山图》化作了生命的绝笔。五代之后，再无荆浩；近世之后，再无大千。从荆浩到大千，时空漫漫，跨越千年，陵阜坡陀，山脉相连。不识庐山真面目，信知胸次有庐山，所谓胸中丘壑，宇宙在乎手者是也。

只恐西风又惊秋，暗中不觉流年换。孙承泽写《庚子销夏记》，却写不完庐山的去日往事；读荆浩的《匡庐图》，也读不尽庐山的山光浮动。一卷如涵万壑，盈尺势若千寻。孙承泽居山，观山，游山，藏山，只是因为，孔子说过，仁者乐山。

……隔着数百年的山水之窗，周肇祥竟如相望万里，思绪纷飞。良久，又把荆浩的《匡庐图》从高悬处取下，悉心卷好，收置进古物陈列所的画柜，柜中顷刻便弥漫了孙承泽的古卷余香。

六

智者乐水，仁者乐山，或可再加上一句：寿者乐园。在退谷建园的寿者孙承泽，便是当然的山水园艺师。不过，孙承泽更喜爱的却是倪瓒笔下的狮子林，入藏了他的《狮子林图》，日日观之，处处游之，沉浮于水墨之间。

倪瓒，号云林子，元代最著名的山水画大家，名列元四家，擅画幽林疏落，旷野清远。天下的文人墨客莫不尊崇倪云林，文徵明的父亲文梁就是因为耽迷于他的《秋山雪霁图》，遂建一怀云阁，又改名文林，撷取“云”“林”二字。文徵明的画馆也承袭父意而挂匾停云馆，文徵明还仿画了一幅《狮子林图》，又因循倪云林的《狮子林图》，画了一幅《拙政园图》。

时序如流，玩之不穷。明清两代，徐贲、王翚、恽寿平、黄鼎等人也都观临过倪云林的《狮子林图》，他们各自摹画的《狮子林图》，走云连风，又轨之有度，却都是以倪云林的《狮子林图》为底本。

孙承泽也是对倪云林最为偏爱，甚至说，收藏家以有无倪画论雅俗。孙承泽自以为经眼其画最多，自然最有心得。他精心收藏的《狮子林图》，水木清华，户庭幽邃，傲世轻物，不污于俗，为云林得意之作。画中钤有孙承泽的鉴藏印章，那并非只是证明

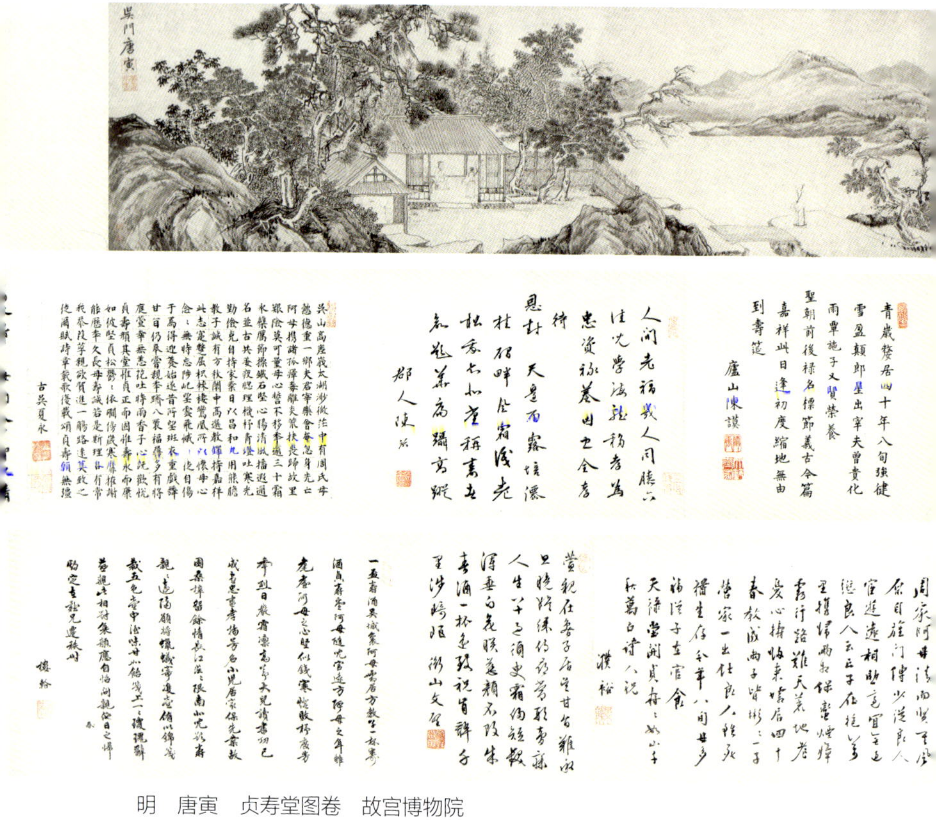

明　唐寅　贞寿堂图卷　故宫博物院

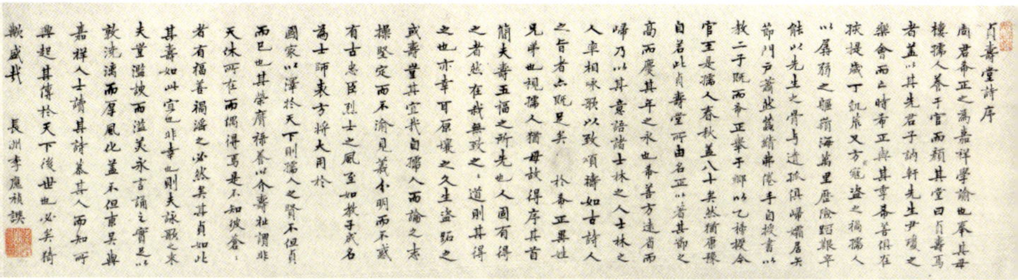

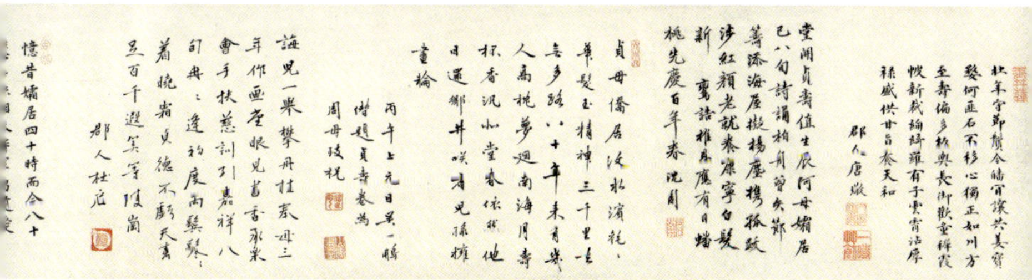

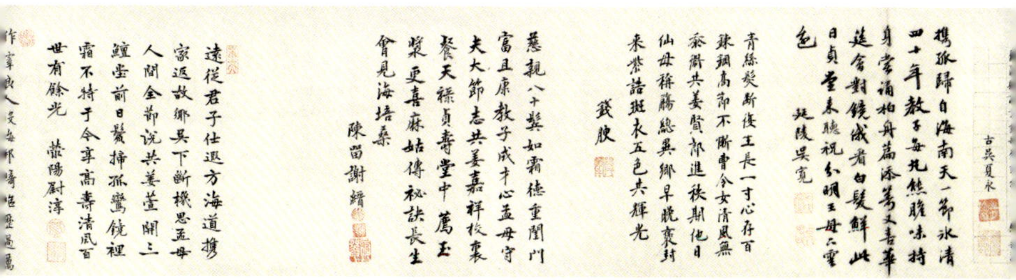

他已到此一游的签证，而是他的生命的殷殷落痕。

孙承泽太了不起，他还藏有倪云林的传世名作《六君子图》，并说倪云林的生平妙迹无如此图。图中所画松、柏、樟、楠、槐、榆六树，天真幽淡，寂寥超逸，行列修挺，疏密掩映，是为六君子，画上并有元四家之首黄公望的题诗：

远望云山隔秋水，近看古木拥坡陀。
居然相对六君子，正直特立无偏颇。

《六君子图》画有六君子，《狮子林图》却另画一君子。倪云林一生作画，据说从不写人，空林、空舍、空山、空水，在他眼中，莫非世间竟无真人君子？唯《狮子林图》里画有一诵经之人，岂非云林子之君子乎？

倪云林一生画出了太多的枯木寒水，《狮子林图》却是他唯一的园林画作。其时正值元季乱世，诸多文士避世入禅。倪云林也是悟禅之人，“逃于禅，游于老，据于儒”，此语便出自他的《立庵像赞》。故而，我猜想，画中的孤茕一人，或是邀他绘画的如海禅师，也有可能，那隐出的君子，其实就是云林子入禅的自画和自赏。

狮子林，建于元末，是苏州著名的古典园林，1373 年，年已七十三岁的倪云林过游狮子林，曾赋诗一首：

密竹鸟啼邃，清池云影闲。茗雪炉烟袅，松雨石苔斑。
心静境恒寂，何必居在山。穷途有行旅，日暮不知还。

日暮不知还，倪云林又持之澹澹诗笔，对景造意，绘写了《狮子林图》柴门梵殿，长廊高阁，丛篁嘉树，曲径小山，给狮子林留下了一幅殊可珍赏的历史原图。画中的图景是狮子林的临照，笔墨的气息却是云林子自家的天香。倪云林画《狮子林图》时，距他的离世已经不到一年。他终于要燃尽了生命的余烬，而以云林的残墨，给历史涂抹一纸别样的园林寒翠。

阅画日久，孙承泽却是已把狮子林，看作自居的退谷，又把画中廊庑间手持经卷的君子，视如平日诵经的自己，恍惚间，竟已觉得，此图是倪云林只为自己所绘，甚或就是自己的前世之笔。寿者孙承泽沉浸狮子林以至如此，谁说不是寿者乐园呢。

而此时，远在苏州城里的狮子林，在时光的斜照里，却已是逐岁蒙尘，日夜无隙而不知其所终。

七

孙承泽之后，却还有一个寿者，更加痴迷于园林，更加贪恋于《狮子林图》，他就不只是真人君子了，更是真命天子，如此这般，此人便只能是乾隆皇帝弘历。

乾隆在位六十年，居然心系《狮子林图》一甲子，御赏于斯，查考于斯，品鉴于斯，弘扬于斯，直把倪云林的《狮子林图》列为“上等收一”，后又编入宫廷书画集录《石渠宝笈》。终其一生，乾隆曾两次御笔临摹《狮子林图》，又十次御题画幅。乾隆固然是据有历代无量名迹的书画皇上，却更不枉为坐拥狮子林的帝国狮王，只因那一园，只因那一图。

孙承泽离世后，《狮子林图》遂递藏于退居柘湖的詹事府詹事高士奇。高士奇同为收藏大家，受到孙承泽的影响，也写了一本著名的书画消夏之作——《江村销夏录》。高士奇精赏《狮子林图》，还在画幅上钤上了“高詹事”和“竹窗”两枚私印，雁过长空，影沉寒底。

《江村销夏录》编于康熙三十二年，但书中并未有《狮子林图》的记述，此画其时或已传入他家，或已归藏清府。再往后，初见于清宫文献时，便已是乾隆四年。这一年，乾隆御题了一首《倪瓒狮子林图》：

借问狮子林，应在无何有。西天与震旦，不异反复手。

倪子具善根，宿习摩竭受。苍苍图树石，了了离尘垢。

声御大千界，如是狮子吼。

此时，乾隆还在困惑之中，倪云林画幅中的狮子林，应在无何有——究竟在哪里？从来没有一幅画如是狮子吼，能让他如此念兹在兹，念念不释。

又过去了整整十八载，到了乾隆二十二年，在第二次南巡途中，乾隆依据倪云林的画本，踏遍了整个苏州府，才终于寻访到已然衰颓败落的一代名园狮子林。

此时，我都不禁要为乾隆暗自赞叹！乾隆，一个狮子林里的守梦人，终于让孙承泽、高士奇，让狮子林里所有的赏园人魂有所归，梦有所依。然而乾隆却只是说，我今能找到狮子林，幸而有赖于《狮子林图》啊！又喟叹道：“翰墨精灵，林泉借以不朽。地以人传，正此谓耶。”

我欣赏乾隆的为人与为言，林泉借以翰墨，名园赖以故人，狮子林之所以重现天日，还不是因为倪云林的一纸名画，自然也是由于乾隆的襟怀与痴绝。

皇帝都不贪功，岂容他人染指？明代画家杜琼是仿倪高手，曾仿画了一幅《狮林图》，却又不说明情由。乾隆反复参看二图后，两次题跋直言不讳：“倪家粉本杜家摹”，“布景笔法全似云林又不言”——对呀，你抄了人家的画，你怎么都不言语一声呢？由此也可见出，乾隆真是一个明君。

乾隆传旨，参照《狮子林图》，重修狮子林。还让词臣画家

明 沈周 九段锦册 野客渡桥 日本京都市美术馆

钱维诚依照修建的狮子林，摹画了另一幅《狮林全景图》。后来又授意宫廷画家方琮、董诰，也先后仿画了《狮子林图》。在以后的历次南巡中，乾隆必携图游观狮子林，以图观景，以景赏图，由古来今，由今返古，臻享园中之乐，极尽画事之趣。

但是，乾隆又已不满足借南巡游观狮子林了，更想日日只为园相守，夜夜住观狮子林。于是，乾隆又分别下了两个诏令，于1771年和1774年，在京城长春园和避暑山庄文园两地，以倪云林的画图为蓝本，又兴建了两个狮子林。从此，南北三个狮子林，便让乾隆触目即景，步步赏心，也遍地摇曳着漫天的云林风月。

乾隆尽赏倪云林的《狮子林图》，却疏忽了画幅上的一枚孙承泽的印章，更记不得，曾经有一个退谷的幽人，早已收藏了他的心物经年，但屈指西风几时来，又不道流年暗中偷换。

又过去了许多朝事，当寒鸦飞临在紫禁城的黄昏，当《狮子林图》终被收进了古物陈列所，却有一人，真书古雅，道合神明，在堆叠的文牍上，一遍遍书写着孙承泽的名字，他就是退翁孙承泽的影子，退翁周肇祥。

八

前面说过，孙承泽在《庚子销夏记》中，记叙了他之所藏《狮子林图》和《六君子图》，其实，孙承泽原本还藏有倪云林的另一幅《徐卿二子图》，谁知他后来竟拿去与人换取了吴镇的名画《松泉图》，所以便未能在画记中写载其状。

我未见过倪云林的《徐卿二子图》，只知有唐代诗人杜甫的《徐卿二子歌》，“君不见徐卿二子生绝奇，感应吉梦相追随……”想必此图应是杜诗的画传吧，却甚是不解，倪云林何时去改画人物了？其实，明代大画家董其昌早就说过：“倪云林生平不画人物，惟《龙门僧》一帧有之。”这样说来，《徐卿二子图》《龙门僧》，再算上《狮子林图》，倪云林绘写人物，至少已有三图。

虽然《徐卿二子图》仍是未知，但是，所换取的吴镇《松泉图》却绝对是画史经典。孙承泽早年仅见过《松泉图》的沈周临本，日后若能得到吴镇的原本，肯定会在所不惜。何况，孙承泽既已藏有倪云林的两幅传世名画，若仅以余粮去接济他人，又换来吴镇的置顶之作，岂不正好？想必是更偏爱吴镇一些吧，他后来甚至还以赵孟頫的《芭蕉美人图》，交换了吴镇的另一幅《鸳湖图》。孙承泽的不少藏画就是如此地腾笼换鸟得来的。

吴镇，字仲圭，自号梅花道人，与元代画家黄公望、倪云林、王蒙齐名，并列元四家，却终生不仕，卖卜为生，仅以诗文书画自娱，其画风苍茫沉郁，其画韵简淡高洁。临终前自垒坟墓，自书墓碑。我曾寻访到魏塘的梅花庵，在吴镇的墓碑前，长久地怅叹，不尽地伤逝。

吴镇一生与岁寒三友为伴，尽取松竹梅的风韵。画梅，临风带雪，停霜映日，花细香舒，离披烂漫；画竹，枝枝著节，叶叶著枝，风晴雨露，反正偃仰；画松，扶疏曲直，耸拔凌亭，矫若游龙，高潜入云。冥冥中，我竟觉得，吴镇才是松竹梅的真身——松的风骨，竹的风影，梅的风神。

吴镇画松，最早的是一幅《双松图》，双松耸立，枝干龙钟，相互顾盼，俯仰向背，其缘起或是荆浩的《双松图》。旧传邺都青莲寺的高僧大愚曾写诗向荆浩乞画，诗中写道："不求千涧水，止要两株松。"荆浩果真画了两棵松相赠并回诗道："笔尖寒树瘦，墨淡野云轻。"

这个故事，传之久远。北宋的郭熙早早听说了，就先画了一幅《双松图》，后编入《石渠宝笈》。至清中期，郑板桥也据此画了一幅《双松图》，并有一题："松柏之在岩阿，众芳不及也……松柏之质本于性生，春夏无所争荣，秋冬亦不见其摇落。"

如果说，吴镇初画《双松图》还是摹古，那么，十年之后，他画《松泉图》，则全然是他自己的性味。画幅上的题诗也写得甚佳："长松兮亭亭，流泉兮泠泠。漱白石兮散晴雪，舞天风兮吟秋声……"孙承泽称此画"境界甚奇，以淡墨作一坡陀，巨泉飞落其上，又以古松一株夭矫覆之"。又评说画幅上的长篇诗题："诗、字俱劲逸不可一世，可谓灵心独绝，不可以画笔观也。"

寥寥数语，字字如炬，境在一个"奇"字，心在一个"独"字，松在一个"矫"字，泉在一个"飞"字，诗在一个"逸"字，字在一个"劲"字。孙承泽的画评，钩玄提要，皆为点睛之笔。

北宋丞相王安石留下的两句诗，也似可借来题画，尤可抒其高古之气："森森直干百余寻，高入青冥不附林"；"龙甲虬髯不可攀，亭亭千丈荫南山"。想必王荆公的《天香云峤图》也是如

明　沈周　仿倪山水图轴

故宫博物院

此气象，此画同著录于孙承泽的《庚子销夏记》。

九

明人恽向这样说吴镇：“仲圭所不可及者，以其一笔而能藏万笔也。”如此，吴镇便是一笔藏万，亦是万笔归一。

吴镇的《松泉图》，与十年前的《双松图》相比，减了一松，却增了一泉，这一增一减之间，画意却有万笔的不同。一松，才愈见其高；一泉，才愈见其逸。一松，才愈见其静；一泉，才愈见其动。一松，才愈见其独绝；一泉，便在这画幅之上，除此草木之扶摇，更添了水韵之润泽，除此瑟瑟之松风，更添了潺潺之清音。

松之在石，石之在崖，崖之在涧，涧之在泉。有松而无泉，是为景；有松而有泉，是为境。景为物景，不过物象；境为心境，乃为心象。心象，亦即是董其昌所倡言之——意中象。

孤嶂石飞，横崖泉落，一松欹斜，树影欲高，只是，这一株孤松却似曾相识。忆得唐人景云有一首《画松》诗：

画松一似真松树，且待寻思记得无？
曾在天台山上见，石桥南畔第三株。

想不起是否在天台山上曾见了，也许，古干槎枒，奇崛竦立，只是来自于遥远的记忆影像，而那影像或许原本就是吴镇其人，禀性孤耿，清高持节，犹如这一株遗世独立的孤松，高入云表，岁寒不凋。

史上画松的名家甚多——
在李唐那是苍劲，在马远那是雄奇；
在赵雍那是旷远，在钱选那是意趣；
在唐棣那是汲古，在王蒙那是蓊郁；
在戴进那是浑朴，在沈周那是诗意；

在唐寅那是风情，在吴伟那是恣肆；
在陈淳那是隽永，在仇英那是仙逸；
在弘仁那是出尘，在梅清那是清怡；
在李鱓那是工致，在乾隆那是御笔；

在倪云林那是孤寂。

倪云林小吴镇二十岁，两人寿数相当，运程相近，性情相仿，气节相似，行迹也多重合，却都高标迥立，孤洁自好。倪云林画松，皆如其性之孤冷。不过，他晚年所作的《幽涧寒松图》，瑟瑟幽涧松，清荫满庭户，是松泉景致，然而，又是别样的林泉高致。

霜天万类，各表其美，方为天地；世间之物，各历其时，才是春秋。倪吴二人，有着太多的相和与不和，相同与不同。

黄鸟于飞，集于灌木，其鸣喈喈。

倪云林擅长焦墨，古淡天然，枯笔清奇，惜墨如金，常见疏木寒烟；吴镇喜用湿墨，皴斫分晓，氤氲浸染，滋润融洩，总是遥岑浮黛。二人所绘松泉，云林荒寒，吴镇幽致；云林枯疏，吴镇清润；云林萧落，吴镇苍茫；云林冷逸，吴镇雄浑。

取吴镇的《松泉图》，尽可比对倪云林的《幽涧寒松图》，其景相异，其境相映。两幅名画，观瞻其一，已是大观；再观其二，则为观止。妙观吴倪两家的松泉石上流，始知天地有大美而不言，又知天地有大美而不同，再知天地有大美而不尽，还知天地有大美而不现。

原来倪云林的《幽涧寒松图》，孙承泽和周肇祥两个退翁都无缘以见。只是吴镇的《松泉图》，孙承泽专此写下几行文字，便付予风月。风长月久，流年飞逝，时间的摄影机终于拍到了一个熟悉的身影，那是周肇祥在古物陈列所展开画图，并将这几行已渐褪色的昔日文字，仔细读过：

吴仲圭一代高士，绕屋植梅，隐居读《易》，知元之将乱也。自称梅花和尚，喜画竹而松尤妙，备见孤高特立之致。《松泉图》，尚见沈石田临本，今见庐山真面目矣，退谷八十一老人记。

十

读罢吴镇的《松泉图》，又于幽僻一隅偶识他的另一幅《松石图》，并邂逅到宋人释天石的一首松石诗："偃盖覆岩石，岁寒傲霜雪。深根蟠茯苓，千古饱风月。"只可惜如此混搭的松石诗画，孙承泽在退谷里却未得一见，故而未能载入《庚子销夏记》。

吴镇的《松石图》，崖石堆叠，老松古崛，遥山远水，雄浑苍润。画幅上置有董其昌的题款："梅花庵主苍松图"，遂知吴镇与董其昌，两人必有时空交错之因缘。过去读董其昌的《画禅室随笔》，就曾见他赞赏吴镇——"大有神气"。

董其昌，字玄宰，明代鉴藏大家，更是声名显赫的书画领袖，继起华亭，风流蕴藉，超越诸家，独探神妙。他早年学画，临池染翰，挥洒移日，便是始于黄、吴、倪、王之元四家，并由此望见古人门庭，膜拜之，仿写之，赏鉴之，收藏之，终于大成，旷古绝今。

明　仇英　玉洞仙缘图轴

故宫博物院

董其昌取法吴镇,心摹手追,曾画过《仿梅道人山水册》和《仿梅道人山水图》,气韵俱盛,笔墨积微,精深流逸,独得玄门。在2010年的翰海春拍上,董其昌的一幅《仿吴镇山水》曾拍到了2240万元。董其昌与吴镇渊源颇深,一生都怀着对吴镇的敬意,如闻吴镇真迹,必欲重价购之。他曾藏有吴镇的《清溪垂钓图》,称此卷是吴镇的得意之笔,又不禁记起沈周的诗云:"梅花庵里客,端的是吾师",原来他也要和沈周一起,拜吴镇为师呢。

董其昌师法黄公望,曾言"元季四大家以黄公望为冠",自然要临仿他的山水图,并揣摩其妙法。一日,董其昌游走吴中山,策杖石壁下,竟如直面黄公望的山水大幅,居然对景呼唤:"黄石公!"董其昌藏有黄公望的旷世名作《富春山居图》,也曾过眼《天池石壁图》的多幅赝本,却不知黄公望的天池真迹,后来传入了孙承泽的退谷山涧。

董其昌赞赏王蒙:精于绘理,自出笔意,苍莽秀润,若于刻画之工,元季当为第一。他临仿王蒙的《一梧轩图》,不久即归藏孙承泽,并被写入《庚子销夏记》。孙承泽说,此幅画境已与王蒙不相上下,而设色之妙,王蒙都有所不如。董其昌还藏有王蒙的《松山书屋图》,后来也被孙承泽收入退谷别墅,以至时值炎夏,孙承泽观画后竟说,时久旱热蒸,觉冰雪在怀。

其实,董其昌还是最为推崇倪云林,一生中一再临仿,又题诗甚多，直言“元季四大家，独倪云林品格尤超”，甚至说他韵致超绝，在黄公望、王蒙之上。还称赞《狮子林图》“其高自标许如此”，又随口而出：哪里能想到，三百年后，自己却会与此画旦暮相守呢！哦，原来，孙承泽珍秘的《狮子林图》，竟也是董其昌的旧藏。

董其昌藏画极富，名迹累累，有李思训的《蜀江图》，董源的《潇湘图》，巨然的《山水图》，赵大年的《夏山图》，范宽的《雪山图》，米元章的《云山图》……以至他都不把自诩有一船书画的米芾放在眼里，竟然说“米家书画船不足羡矣”。

不过，我已隐隐发现，孙承泽所藏的诸多煊赫名迹，似乎都是出自董家。不知何故，董其昌与孙承泽原先并无交集，然而，在其生前身后，董其昌的许多画作和藏画便已归于孙承泽了。

到了 1660 年的盛夏，虽然董其昌已经去世七年，但孙承泽观画著书，却似乎才开始与旧日素来隔膜的董其昌执画论道。退谷的云影天光，松风阵起，犹如明清之际两大藏家的风云际会。

十一

董其昌以古为师，通览古今，他出入元四家，又追慕宋元诸家：学巨然，他画了《仿巨然小景图》；学郭恕先，他画了《仿郭恕先山水图》；学李成，他画了《仿李营丘寒山图》；学王诜，他画了《仿王诜烟江叠嶂图》。学米芾，他画了《仿米元章笔意》，又画了《仿米家山水图》。

学范宽，他说范宽山川浑厚，瑞雪满山，寒林孤秀，物态严凝，俨然三冬在目；学赵大年，他说赵大年写湖天渺茫之景，虽师王维，却未能尽其法也；学赵孟頫，他说赵孟頫“为元人冠冕”，又去画《仿赵孟頫秋江图》《仿赵孟頫林塘晚归图》《仿赵文敏溪山红树图》。

颇有意思的是，董其昌家藏赵伯驹的《春山读书图》、赵大年的《江乡清夏图》、赵孟頫的《鹊华秋色图》三幅名画，他便兼采三赵笔意，画了一幅奇画《仿三赵画》。

董其昌访古师古，求古摹古，又徒生怅然:恨古人不见吾耳!我不禁要问董师，尔恨古人不见尔，尔又如何见后人？生若草木，荣枯有时，叹不能风月同天，今古同俦也。嗟乎，尔之迢递访古路，风景尽在山巅!

画史真如一幅山水大轴，平远、深远而高远。孙承泽观史，由远及近，看古人愈走愈近；董其昌观史，却是由近而远，看古人越走越远。董其昌阅遍明四家的烟墟板桥、篱径茅店，望穿元四家的松林寒涧、渡艇刹竿，又掠过宋人的菰渚柳堤、戍垒沙岸，终于窥到五代的渺渺其崖，悠悠远山。远山如黛，远水如烟，竟似有董其昌的几行清隽小诗若隐若现：

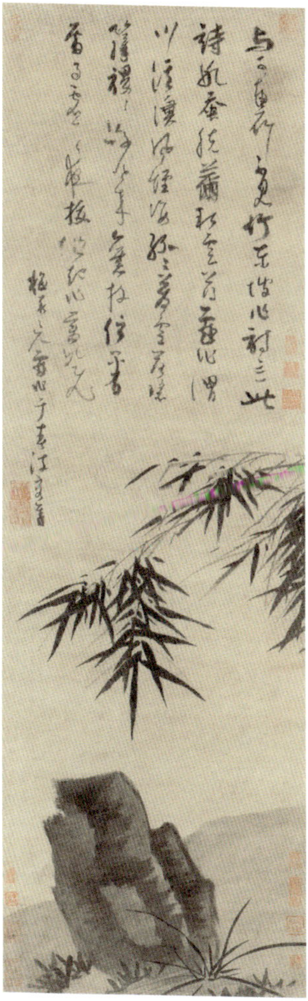

元　吴镇　墨竹坡石图轴

故宫博物院

只谓一峰秀，不知犹数重。晚来云影里，更见两三峰。

董其昌远观五代山色，峰峦缥缈，秋水烟岚，浮光杳霭，孤鸿落照，那一峰之秀，分明是董源笔下的江山风物，淡墨笼染，云收天碧。

董源，南唐后主李煜的北苑副使，人称董北苑，是五代的南唐画家，鼎跱百代，标程前古。黄公望说：作山水者必以董源为师法，如吟诗之学杜甫也。似可再加上一句，如咏词之学李后主也。董源滥觞了宋元的山水画卷；与此同时，李煜掀开了宋词的唯美序篇。

南唐何其幸焉，立国三十八年，登位过一个能写得一手金错刀的词帝李煜，又走出来一个江南水墨山水的宗主董源。当北宋的季风吹落南唐最后一缕残云，在历史的记忆浅表，再不闻万物的悲秋之声，南唐便只有诗画的缱绻，便只有风月的清明。

董源何其幸焉，侍奉一个诗才卓绝的天之骄子，尽可把南唐后主的靡丽词章，蕴于毫末，出之楮素，又可把一朝诗君的凄美幽思，付诸山水，寄予霞绡。

一重山，两重山，山远天高烟水寒，相思枫叶丹。
菊花开，菊花残，塞雁高飞人未还，一帘风月闲。

李煜的一首《长相思》，写尽了花间的一帘风月闲，而相思中，那山远天高的烟水，塞雁高飞的云间，莫不就是董源的潇湘图卷？君臣二人，既是情志相投的挚友，又是游走山水的同伴，如此的主仆，世间百代，绝无仅有，望若而叹。

董源以吴楚山水为稿本，墨染云气，丹碧掩映，晴雨晦明，天色流变。宋人沈括说他画笔草草，近视几不类物象，远视则景物粲然。因为，董源的远山，萧然有卓绝之姿，只在烟尘之外；董源的遥水，泠泠有清渺之媚，原是玉壶冰心。

十二

董其昌到处搜寻董源的画幅，一不小心，就寻到了董源的绝世佳作《潇湘图》，那是最美潇湘，江岸苇渚，映带千里，幽林深蔚，烟水微茫。董其昌总不小心，又先后收进了董源的《蜀江图》《夏山图》《云山图》《溪山图》《商人图》《征商图》《寒林重汀图》《溪山行旅图》《龙宿郊民图》《秋山行旅图》《秋江行旅图》，尽是烟霏雾结，满纸云霭，平沙远渚，方外清流。董其昌一生都在收藏董源，董源的存世名迹也大都为他所尽藏。

董其昌之于董源，不仅是其第一藏家，更是其第一仿家。能藏，方能见其精妙；能仿，方能知其幽微。藏董源，难而又难；仿董源，不难而难。摹仿本在似与不似之间。似或不似，不难；似而不似，犹难。不似，则无一是处；太似，或又风神尽失。清人方薰便说，摹仿古人，最初唯恐不似，继而又唯恐太似。不似则未尽其法，太似则不为我法。法我相忘，才能平淡天然。

董其昌以沈周为例，说沈周凡遇诸贤名迹，无不摹写，亦绝相似，甚或超乎其上，唯有倪云林的淡墨最为难学。沈周却能老笔密思，与云林的笔墨若近若远，若即若离，尽得倪云林萧散秀润之神韵，因而最为逼真，也是沈周平生最为得意之笔。

太湖之滨有一座弁山，赵孟頫、黄公望都曾登临弁山，传写神照，绘制《青弁图》，又俱为绝顶之作。只是，董其昌偏说山川灵气无尽，因而在二人的笔墨蹊径之外，又别构一境，此中方得摹古的旨趣。

董其昌藏有赵孟頫画洞庭两山二十帧，皆学董源，由此旁窥了仿写董源的妙秘之道。董其昌却更要把五代的气息，南唐的精神，江宁的烟雨，后主的风雅，丝丝缕缕，溶入董源山水的描摹之笔，映现一个他印象中的古美画境，寥廓而虚灵，混沌而清澄，苍茫而简远，浮幻而天成。

董其昌仿董源，有时他会自说："仿吾家北苑。"原来他早已自视得了董家的真传。

他仿董源画了《夏木垂荫图》，孙承泽说他仿得真好，颜色苍翠欲滴，就是董源自己亦未必能及也；他画了《山水卷》，孙承泽说他表面上是仿米芾，实则是全学董源，此卷不知者以为仿米芾，哪知是仿董源呢;他画了《仿董北苑画》,孙承泽说他全用董源画法,而不重蹈元人一笔一画矣；他画了又一幅《仿董北苑画》，孙承泽说他以临董源的画为胜，南宋元明诸家未敢望其项背矣。

董其昌说黄公望：“诗在大痴画前，画在大痴诗后”，他自己又何尝不是如此？董其昌原本就是一个诗人，又极爱四处题诗。何况，在他眼中，董源是一个诗性画家，无诗便不可以仿董源。董其昌的《夏木垂荫图》作于1619年,原本有题无诗,七年之后,七十二岁的董其昌又补上了一首诗题，如此，临摹董源的夏木垂荫之笔，便更加纵逸多姿，碧玉妆成了：

柳条拂地不须折，竹枝入云从更长。
藤花欲暗藏猱子，柏叶初齐养麝香。

在董其昌离世后，他一生收藏的董源山水散佚殆尽，多归商丘收藏大家袁枢所有。而他的许多摹仿董源之作，却是迢迢间风月，平落于遥远的退谷，让孙承泽在一幅又一幅的忘情赏鉴中，慢慢地度过这个炎热的夏天。

据孙承泽在《庚子销夏记》中所述,《夏木垂荫图》是在董其昌去世后，由其孙带到京城卖给他的。起先我总有疑惑，孙承泽究竟有何妙法，能获取董家的旧藏，又如何能尽收董氏诸多的

明　文徵明　松石高士图轴　天津博物馆

仿古画作，原来，古物也自有其聚散的因果和宿命，天机和法门。

我仔细探循着古物的法门，移步换景，移形换影，我的视线，便从清初的退谷，投向民国那间我已渐熟悉的古物陈列所，望见所长周肇祥，正在将董源的《龙宿郊民图》和董其昌的《夏木垂荫图》，二帧并置，目光如鸟，看董其昌如何仿董源，看董其昌如何以古人的法度，运自己的心思。

而我又分明望见，周肇祥提笔吮毫，墨着缣素，远摹董源，近仿董其昌，画下一幅清雅的山水图，百滩流水，万壑松风。

十三

《庚子销夏记》记有孙承泽所藏的十六幅北宋绘画，方才知晓，那些早已形成我们集体记忆的国之瑰宝，当年就庋藏在孙承泽的退谷里。然而，当我读罢《庚子销夏记》，心中却有一丝怅然。孙承泽明明藏有崔白的名画《芦雁图》，却未见书中有一字提及，莫非芦雁早已远离此地飞临别处？此情既久，或不可究，只知，民国时分，古老的芦雁便已掠过悠悠时空，雁落平沙，潜入了周肇祥的古物陈列所。

崔白是北宋名家，擅画花鸟写生，敷彩清澹，笔踪难寻，为宋神宗所赏识，授为待诏，其代表作便是《芦雁图》和《寒雀图》。

《芦雁图》本是孙承泽心爱的旧物，他曾经自表芦雁，在《芦雁图》上题诗一首，隐喻自己的清绝幽寂：

白露苍苍已结霜，蒹葭深处独徜徉。
羽毛无损性情适，不羡高冈有凤凰。

我喜欢这诗意，甚至也想象着自己也是情适一羽，聊以孤赏。只是我尚未观到此画，更谈不上赏此诗题，也一直遗憾从未见过孙承泽的书迹。孙承泽本是一个书法鉴藏大家，虽然他不以自己的书法名世，但却让我不由得不对他的书迹产生好奇和期待。

孙承泽饱览诗书，对书法颇有造诣，他曾写有书帖专著《闲者轩帖考》，也编纂过《研山斋墨迹集览》《研山斋法书集览》，更不用说，他一生中收藏了那么多最重要的法书名帖：《王羲之裹鲊帖》《王献之地黄汤帖》《陆柬之书陆机文赋》《孙过庭书谱》《范仲淹二帖》《苏轼苦雨诗》《黄庭坚松风阁诗》《米芾天马诗》《秦少游论书帖》《赵孟頫临绝交书》……

东晋升平二年，王羲之书小楷《曹娥碑》。孙承泽藏有王羲之《曹娥碑》的宋拓本，此本曾入藏宋高宗御府，弥足珍贵。孙承泽竟以此书喻为曹娥之美，静婉贞淑，如见其人，真可倾国，又可称量天下之书。孙承泽读帖那日正是初伏，天气蒸雨，数年来无此奇热，他却说阅此帖殊觉清风习习，恰似赤脚踏层冰也。

“居高思坠，持满戒盈”的谏诤名言，出自唐人魏徵所撰《九成宫醴泉铭》，后由大书法家欧阳询书丹而成。《醴泉铭》乃欧阳询晚年经意之作，字形随势赋形，气韵疏朗萧然，被赵孟頫推为楷法第一。孙承泽早年曾得《醴泉铭》善本，竟得而复失，后又失而复得，世事难料，此言不虚。孙承泽称此本如草里惊蛇，云间电发，拓法甚精，真乃宋人本也。又说欧阳询书多带隶法，而后来的拓本多失书家妙旨，故必以旧本为贵。

孙承泽还极赞孙过庭，说他是有唐第一妙腕，所写《书谱》，天真潇洒，掉臂独行，于王羲之无意求合又无不宛合。又忆起自己弱冠之年,即见文徵明的著名丛帖《停云馆帖》收有此帖,一见倾心。后又见过宋人刻本，更加喜爱。直到甲申年见商人售此真卷，阅之惊叹欲绝，却因索价太高，只能放弃，以至惋惜竟日。没想到，六年之后终又复见，始得购藏，并于庚子之夏取出披阅，感慨良多。

孙承泽又说到宋代书法四家，黄庭坚把苏轼列为第一，称他的书法蕴含文章忠义之气，孙承泽因此赞叹，此乃苏轼知音也！南宋词人姜夔曾说:“人品不高，落墨无法”;清代学者何良俊也说:“人品高旷，故神韵超逸”，因而古人向来最为看重书人的人品。

苏轼被贬黜时，他的书画又多因元祐党案，被付之水火，故而存世稀少。孙承泽旧时曾藏有苏轼的书法《苦雨诗》，被公认为苏轼最属意之书，指顶行楷，神韵备足，却于兵乱中遗失。未曾想数年之后，孙承泽又从商人手里买回故物，续写了另一段书画奇缘。

十四

读过《庚子销夏记》，我更想一睹孙承泽的书法神采了。孙承泽忆旧，说他年少时临米芾的法帖，不得其运笔结构之妙，徒得离奇，走了弯路，近年再玩赏米芾的墨迹，才从中悟得晋书的妙法。孙承泽是一个用心的学书之人，他出入晋唐，研习名迹，鉴藏法书，刊集丛帖，尤重风韵散淡的晋人帖学。

朱彝尊，号竹垞，清初大学者。偶阅他的《曝书亭集》，见书中记载，康熙九年，他从济南来京访见孙承泽，观赏名帖《汉丹水丞陈宣碑》，还请孙承泽为自己题写了“竹垞”二字。朱彝尊是何等人，竟迢迢路远讨得孙承泽题写的名号，可见朱彝尊对其人其书的拜服。

孙承泽八十大寿时，大收藏家梁清标特赋诗一首：

藤荫古坞历春秋，故纸婆娑自校雠。
海鹤丰神犹健饭，闭门床下写蝇头。

这首诗倒像是一篇纪实，写出了八十老人孙承泽每日的四件事：乘凉，读古旧图书字画，吃饭，写蝇头小楷。我尤其佩服老人尚能书写蝇头小楷，说明他元气充盈，笔力雄健，便又联想到人书俱老、笔致精微的文徵明，两人也多有相似。只是不知何故，孙承泽的墨迹传世甚少，寥若晨星，又不知去何处找寻。

茫然若迷，古籍学家杨璐先生忽来一纸，原是孙承泽的尺牍《方蛟峰集璧帖》，竟令我有人生初见、见字如面之感。方蛟峰是南宋政治家，此帖出自《昭代名人尺牍》，隐约可见苏东坡的韵致和赵孟頫的笔意，风骨内柔，神明外朗，清和秀润，风韵绝人，虽不知其书之缘起，却已令我珍赏不已。在晦暗的光线下，孙承泽的墨书犹散发着沉郁的乌光，我看到，那迷蒙的光韵，依然摇曳着当年退谷的风月。

读孙承泽的夏日长文，我注意到他说，唐人书法中最令他心折者，唯有孙过庭《书谱》和陆柬之书陆机《文赋》。陆柬之所书脱胎于《兰亭》，风骨内含，神采外映，字字圆秀，精绝一世。然而，当我观览全卷，才发现卷后附有赵孟頫、揭傒斯等多人的题跋，居然还有孙承泽的跋文，笔致圆润，神俊超逸，温厚精严，冲夷和易。如此踏破铁鞋，竟至不期而遇，见此邂逅。

后来，翻阅往年的拍卖图册，又偶然得知，在2006年的西

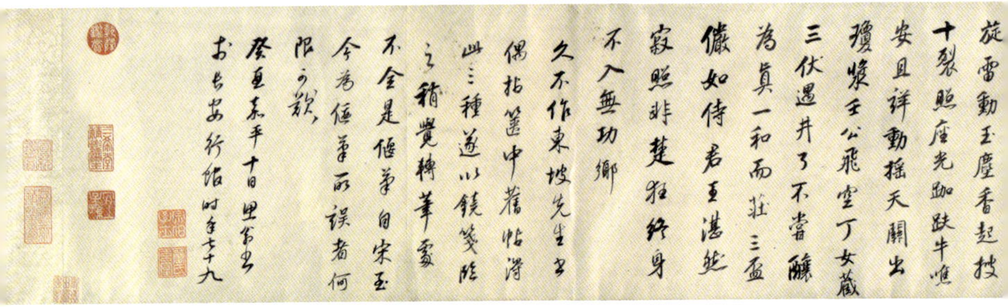

明　董其昌　行书临苏杂帖卷　故宫博物院

泠春拍上，曾拍出孙承泽为《唐人临孝女曹娥碑》书写的跋文原迹。孙承泽称唐临晋帖，下真迹一等，以其风流未远，摹仿似也。又说此书真乃稀世之珍，岂人间所得而亵玩者哉！览其笔势：尽取晋法，萧散古淡，妙于翰墨，沈著飞翥。

没想到，时隔数日，我竟又寻到孙承泽为宋拓《黄庭经》书写的一段跋文墨迹。《黄庭经》是王羲之的小楷书作，其法极严，其气亦逸，相传即为王羲之以书换鹅之经，有诸多名家临本传世。孙承泽的这一段跋文，也写得虚和圆融，跌宕流美，兴之所至，毫端毕达。此帖原为宋高宗玩赏之物，孙承泽称为“不世之珍”，说他每日清晨都要坐小窗下，旭光满室，开卷欣然。

此时，也是炎炎夏日，也是清晨时分，也是风影窗下，也是遥想故人，我观赏着这几帧如幻如影又如诗如画的罕世妙迹，忽

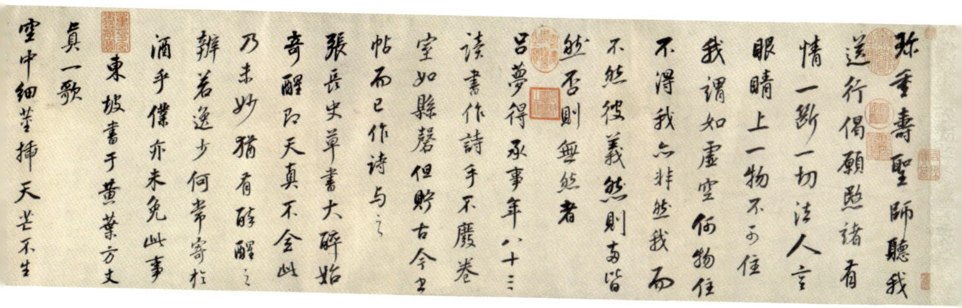

而想到，孙承泽的存世法书固然少见，但是，在那个庚子年的夏天，他一定会在更多的历代书画法帖的边角，洇染上松柏掩映的斑斑墨痕，遗落下退谷溪涧的夕阳照影。

少顷，我看见，孙承泽从窗下起身，拈起毫颖细笔，展素落墨，又写下一篇诗题，起落转换，高下疾徐，潇洒古澹，优雅飘逸。

十五

孙承泽虽然不是书画名家，但却是清初第一大书画鉴藏家，1676 年，孙承泽离世，从此，他的书画珍藏便开始了远哉遥遥的飘零之旅，或归于望族，或送于藏家，或流转于市肆，或湮没于烟尘，退谷别墅也渐渐成为一座空舍，多少年后，这座空落的房屋，连同经久不散的故人气息，也一同转给了周肇祥。

其实，孙承泽在世时，他所藏的书画碑帖便已减去大半，许多都失之战乱，孙承泽自己便说，甲申三月之变，历代秘珍一朝散佚。当然，有失必有得，失之东隅，收之桑榆，乱世之中，孙承泽也收进了明朝内府和私家的许多流散之物。

孙承泽散之友人的书画也不少，有些是交换，有些是赠予。如此，便不能算是简单的亏损，也许，孙承泽得到了更多，那是友人的相知，收藏的佳趣，还给满则招损的宝物安排了更好的归路。

唐代画家阎立本的《孝经图》，原为明朝大内旧物，从宫中流出后，初为孙承泽所藏，再往后，便传至收藏大家宋荦。孙承泽是宋荦父亲宋权的好友，宋荦也以孙承泽为师。《孝经图》经孙承泽之手递于宋荦，当是这一唐代名物最好的去处。

给孙承泽题诗贺寿的梁清标，同为北方收藏家之执牛耳者，仅藏书就多达十万余卷，而且也是孙承泽一生的好友。孙承泽所藏的一些重要的书画，如荆浩《匡庐图》、韦偃《牧放图》、黄庭坚《诸上座卷》、宋徽宗《柳鸦芦雁图》，后来都陆续转予了梁清标。

孙承泽还有一收藏至友曹溶，曾以北宋画家王诜的《烟江叠嶂图》赠予孙承泽。孙承泽说王诜文藻风流掩映一代，水墨山水仿李成，青绿山水仿李思训。似相识，这是一幅怎样的画卷呀：春风摇江，暮云卷雨，浮空积翠，寂寥迷离，悠然有海阔天空之妙，直看得古董商张云庵心旌摇曳，爱不释手……孙承泽遂又慨然转赠于他。

孙承泽的许多旧藏释出后，宛若高山落泉，曲径流觞，又如一泻春水，滚滚东去，经过后世的层层递藏，代代传承，最终从退谷潺潺流进了紫禁城，成为了清宫的御藏，并于民国时期归藏于古物陈列所。

当熹微的光线投进古物陈列所的窗棂，周肇祥正在窗下恭笔誊写《古物陈列书画目录》，只见孙承泽旧藏的书画均已编录在册，尽是李成、荆浩、倪云林、吴镇、董其昌等人的诸多画迹，更有陆柬之书《文赋》、孙过庭书《书谱》、崔白的《芦雁图》、李公麟的《摹韦偃牧放图》、黄庭坚书《松风阁诗》、赵孟坚的《水仙图》、钱选的《山居图》、赵孟頫的《枯木竹石图》……

而在古物陈列所的窗外，风雨潇潇，轻尘影影，篁筱怀风，群鸦落遍。本是空寂的院落里，却不时传来一阵阵喧响。

1933 年，故宫发生了一件惊天大事：文物南迁。周肇祥在中南海成立了北平市民众保护古物协会，自任主席，通电全国反对故宫文物南迁，却遭秘密逮捕。与此同时，19557 箱故宫文物悄然启程，舟车南渡。

多年以后，一万余箱文物运回北京，2972 箱文物运至台湾，2221 箱文物滞留南京。孙承泽的旧藏书画，大多都已渡海去了台湾。周肇祥望天徒叹，又望洋兴叹。一部大清三百年的书画传奇，到此戛然而止；两个退翁的退谷风月，从此黯然无光。

周退翁拱手他身前的孙退翁，而孙退翁却不见他身后的周退翁。风月无情人暗换，旧游如梦空肠断。欧阳修的一首《蝶恋花》，说尽了两个退翁的书画因缘，却写不尽一径退谷的山林遗墨，空谷余音。

十六

我又从岁月中返回到退翁亭，退翁亭却还在岁月中。

那些年间，先后有两个礼部尚书去退谷看望过孙承泽，自然也都与孙承泽同游过退翁亭，诗人笔下的退翁亭或许是退谷最具诗意之地。小亭前，溪水岸，礼部尚书王崇简留下了一首诗韵清扬的《题孙北海退翁亭》，礼部尚书胡世安则写出了一篇文辞翰藻的《退谷赋》。这一诗一赋，后来都被孙承泽辑入《天府广记》。

王崇简《题孙北海退翁亭》

卧佛廊西去，深岩小径平。地因荒刹旧，亭得退翁名。

旷野凭栏出，幽泉绕谷生。柿林修竹里，随处作秋声。

胡世安《退谷赋》

兰若兮高下，亭榭兮纷寅。泉石兮错落，松桧兮轮囷。

……

烟霞芜径，兰芷存圃。人亦有言，闲者是主。

退翁亭，以退翁而名。而孙承泽，既不以书名，也不以诗名，但他无疑也是一个书法家，一个诗人，只是他的行状，都为收藏家的大名所掩，而我却会更加关注他的书迹，他的诗迹，因为，那才是他真实表露的心迹。我喜欢孙承泽如此曼妙的诗吟：

漫启小窗看皓月，试烹藏茗听春潮。

在退谷里，我还曾捡拾到孙承泽遗落的闲笔佳句：

莺啼青谷口，犬吠白云隈。睡起茶方熟，诗成雨欲催。

唐人许浑说“山雨欲来风满楼”，孙承泽偏要吟“诗成雨欲催”，都是山雨欲来，孙承泽却还有诗句妙成。诗人不可一日无诗，诗人也不可一日修成，难得有清明的诗境，必是精神上之大成者，这样的收藏家，便是不以物喜，不以己悲，抱一而为天下式。

孙承泽最欣赏文徵明的一句诗：“去来不用留诗句，多少苍苔没旧题”；他自己也写下这样的诗句：“非君多道气，谁为破苍苔。”未曾想，脚下的离离苍苔居然也蕴含了那么浓酽的诗味。

孙承泽生前，他的重要著述大多没有刊行，连《庚子销夏记》也只有抄本。也许，他的一生只要拜观古人的书画，顾不上整理故纸，更没有闲心去吟风弄月；他的一世也只要欣赏心中的山水，并不在意门前的苍苔，哪怕自己跌滑在地。

时隔六个甲子，也是庚子年的夏天，我刚刚读完《天府广记》，又去读《庚子销夏记》，晨读过，夜读过，晴读过，雨读过，却已记不清，又曾多少次被震撼过，感动过。我震撼，是因为如此历历的旷世名迹，却原来都是出自孙承泽的退谷；我感动，是因为那么满满的鉴藏箴言，却原来都是写自孙承泽的一个骄阳似火的夏天。

孙承泽择山而居，居山观画，不知他是以山观画，还是以画观山，只记得他曾有一妙喻：北望退谷，绿荫掩映，竟如董源巨然的妙画悬挂在山壁之上。欧阳修说醉翁之意不在酒，在乎山水之间；却原来，退翁之意不在山，在乎书画之间。书画便是孙承泽的山水。

在那个庚子年的夏天，当孙承泽把退谷书屋的276件书画碑帖逐一展读，并记入《庚子销夏记》时；

在这个庚子年的夏天，当我的手指一页页地翻过孙承泽鉴赏这些名迹的文字，并拂去历史的尘埃时；

当山谷回荡着三百六十年间清脆的莺啼，又悄悄隐于沉寂时；

当天空摇落下整整六个庚子绚烂的光影，又渐渐归于暗淡时……

我便读出了一首庚子之夏的漫漫长诗，在无边的风月之际。

（20200612，庚子之夏）

畅春园里的守望人

北京市海淀区颐和园路5号，是北京大学西门。隔路相望，有两座孤零零的山门，突兀而立，相依相偎。雍正、乾隆年间，此处是两座寺院，一座叫恩佑寺，一座叫恩慕寺。如今寺院久已不存，唯余两座空落的山门。穿过山门或可进入佛室，遁入空门；或可进入历史，方知寺院之地原先乃是畅春园的清溪书屋故址。

深秋的夕阳之下，我探进山门，寻访康熙皇帝的畅春园，却四顾茫然，秋水无迹。原来，佛教也好，历史也好，讲的都是一场空无。空无中，却捡拾到了我的朋友王原祁遗落了三百年的一句残诗：

雁叫寒汀秋水白，马嘶断渡夕阳红。

一

观2020年西泠印社春拍，见到一幅清初大画家王原祁的《仿王蒙山水》，渲染烟云，涵茹风雅。已知此画曾经清代收藏家钱培益、潘祖荫递藏，千寻之下，风流弘长。

王原祁的这一幅画作曾在2012年的匡时春拍上首次隐出，其时画名为《层峦耸秀图》。六年后，这幅画作又再次出现在2018年厦门保利的秋拍上，缣素辗转，续写传承。直至此次春拍，重新更名，浮现西泠，宝若拱璧，珍比连城。

然而，我更关注的却是画幅上那一行简短的题识："癸未冬日仿黄鹤山樵于海淀寓直。王原祁"。我还注意到画幅上落有五方钤印，其中一方是"御赐画图留与人看"，另有一方是"西庐后人"。

我刚又读罢康熙的《畅春园记》，我的思绪，便从这画幅之上，倏然回落到三百年前的畅春园，千巡有尽，寸衷难泯，犁雨锄云，聊记岁月……

癸未年即是1703年，其时王原祁六十一岁，正值人生的晚秋。王原祁师古，其画题多为临仿先贤，这既是向古人鞠躬学习，也是标宗立派，指明渊源，达诂古卷，六法如是。

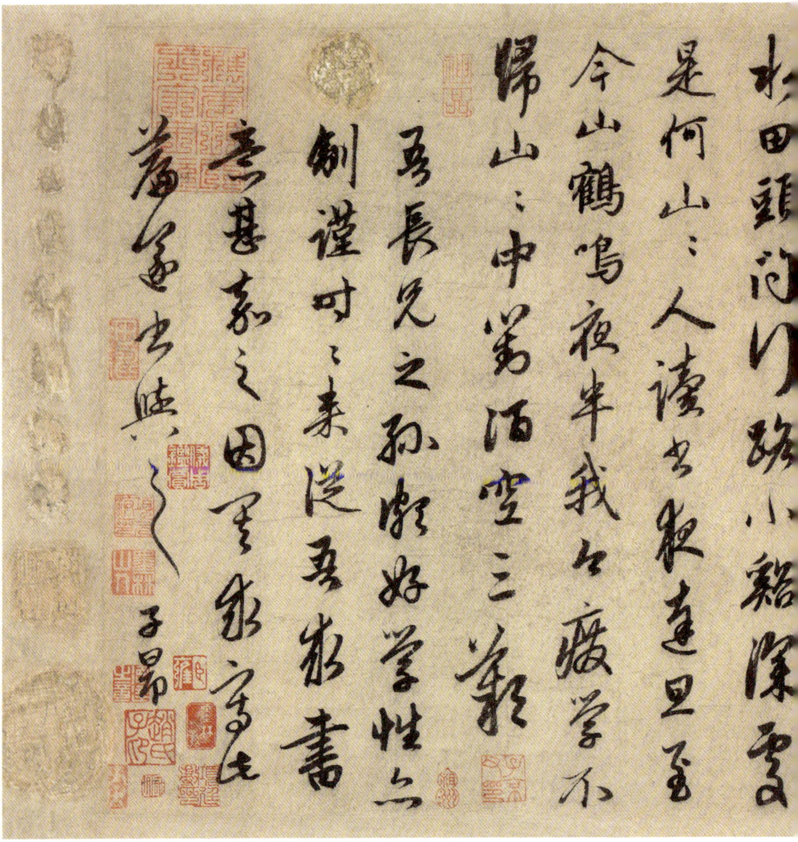

元　赵孟頫　道场何山诗页　故宫博物院

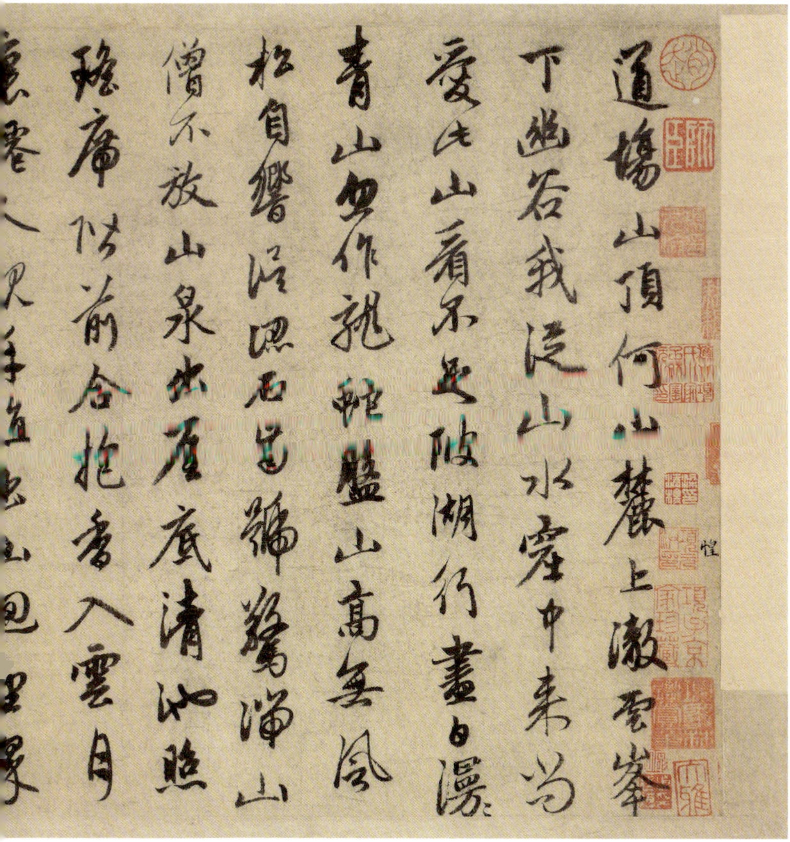

黄鹤山樵是元代著名山水画家王蒙的别号，王蒙与黄公望、吴镇、倪瓒同列元四家，笔意磊落，超然尘表，萧散秀润，纵逸多姿。倪瓒赋诗于他：王侯笔力能扛鼎，五百年来无此君；董其昌赞他为天下第一；王原祁也说他是元四家中的空前绝后之笔。

海淀寓直是王原祁入值康熙皇苑畅春园的值所。畅春园是康熙避喧听政的乡野御园，康熙说，光天之下，欢快祥和原为畅，四时皆春故尔春，畅春园即此畅春之意。康熙一年中多半的时间住在畅春园，身为康熙的书画侍臣，王原祁常年在畅春园中值守，侍奉康熙御赏书画。

钤印“御赐画图留与人看”，乃因康熙赐王原祁“画图留与人看”，故王原祁镌成此印钤于画幅。康熙赏识王原祁的文章翰墨，曾观其濡染作画，不觉日影西移。

钤印“西庐后人”——西庐即大画家王时敏，晚号“西庐老人”，清初四王之首，是王原祁的祖父，故王原祁落印“西庐后人”，既表明对先祖的尊奉，也自谓承续西庐真传。

王原祁在许多画幅上都留有题跋，或漫题数语，或凑成长款，记述了他作画的缘由、过程、心绪、思语，这就不仅仅留下了珍贵的书迹，而且传下了遗世的文字。

在王原祁的水墨山水一侧，那些画跋的离离墨痕也是他的文字山水。1710 年，王原祁曾画《红香夹岸图》，自言：“画以达情，诗以言志”，并题诗一首：

桃花烂漫入春阑，三月红香夹岸看。
不逐渔人寻避隐，还从江上理纶竿。

谁说这诗题不是一篇心神怡逸的文字山水呢？所以，我观王原祁，赏画又赏画跋，便可以双份地欣赏他笔下的江上风烟，水流云淡。

我漫观了王原祁在畅春园的幅幅画卷，也阅遍了画卷上的款款画跋，让我在古老的丹青之下，也在漫漶的文字之间，隐约看到一个画师在畅春园的如幻背影，恍惚而明澈，古奥而清幽。

二

王原祁，号麓台，清康熙年间的山水画家，清初四王之一。清初四王乃王时敏、王鉴、王翚、王原祁四位书画大家，王时敏、王原祁祖孙二人位列一首一尾，占据了赫赫四王的半壁江山。

王原祁以绘画供奉内廷，官至户部左侍郎。自1700年始，入侍南书房，又入值畅春园，一年四时，从以笔管，临池染翰，挥洒移日。

在其画款上，我能查找到他在畅春园作画的最晚记录是

1715 年中秋，由此可知，栖止于畅春园，王原祁浸染了十五年的丹青，画出了生命的晚晴，淡而弥永，久而弥笃，晴峦云鹤，枫叶流丹。1715 年的中秋之后，七十四岁的王原祁，驾鹤西游，松隐幽归，月落星沉，灵泉音绝。

清溪书屋是康熙在畅春园的寝宫，由此沿院墙移步往南，便是南书房的翰林们进出御苑的小东门，设有翰林直房。1703 年，康熙亲指此地，修建了一座三进院落，第一进院落是上书房翰林直房，后两进院落即为画院，这便是王原祁值守和作画之处了，也是距清溪书屋最近的宫房。

此年，此地，王原祁画下了我在西泠拍卖关注的那一幅《仿王蒙山水》。如此看似寻常却又不寻常的山水画作，纵横离奇，莫辨端倪，却隐隐浮幻出王原祁在畅春园的流年画事，列星随旋，日月递照，诗成珠玉，纸落云烟。

我最初曾想：王原祁入值畅春园后，便总是一遍又一遍地仿画王蒙，这其中，会不会有什么特别的缘故？或者，能不能探究出什么特殊的情由？

在此之前的 1701 年，王原祁刚刚入值畅春园不久，就曾画过一幅《仿王蒙山水》，也许是谦辞，也许是对自己的画尚有不满，王原祁在画跋上只是自认痴钝，说自己未得古人高澹流逸的风雅。

再回到 1703 年，王原祁还曾画过另一幅《仿王蒙山水》，

明 沈周 九段锦册 青山红树 日本京都市美术馆

而且，他还落下了一段颇有心得的画跋，他写道：王蒙的画法变化，学之者每每不能得其端倪，我以为王蒙用笔实有本源，王蒙乃深得董源和巨然的精髓。

董源和巨然，是五代至北宋时期山水画的宗主，墨染云气，天藻临池。北宋大家米芾就说董源“格高无比”，说巨然“最有爽气”；元代大家黄公望说作山水画必以董源为师法，如吟诗之学杜甫也；董其昌说王蒙以董、巨起家成名；王原祁也说他少年时便得到祖父王时敏的指授，明白董源和巨然乃是绘画法派的正宗。

原来，王原祁仿画王蒙，是为了探求其画法的本源，以古为师，信而好古，如将不尽，与古为新。董其昌曾说王蒙其画皆摹唐宋高品，王原祁也说王蒙全然是师以董源和巨然，最终变成了自家的风格。

越过 1703 年，到了 1704 年，其间王原祁在畅春园里，又用了一年的时间感受皇苑内外的莺飞草长，水流云散，钟灵毓秀，落晚芳菲，在岁时变化中，修养心性，再仿王蒙，又完成了另一幅《仿山樵山水》。

这一次，王原祁题写了长款：我这一幅仿作王蒙的画，画了一年，历夏经秋，方知王蒙乃是在岁时变化中归于平淡天真。所以，我常说，画中可见人的心性修炼和诗书之气，从中可以学到养心之法呀!

这一段题跋，又说明了他仿画王蒙是为了学到养心之法，归于平淡天真的至境。余以为然，便把这一句画跋默默记下了：

余常谓画中有心性之功、诗书之气，可从此学养心之法矣。

三

王原祁更有一幅耗时多年的《仿王蒙山水》，1701 年即落笔，却因畅春园的公务所稽，久而未成，直至1705年方才脱稿。跋文虽然不长，但却深有意味。

王蒙的画风繁密深秀，色墨郁然，山重水复，浑厚华滋。而名家大多用笔高简，以简为尚，却为何王蒙独用繁笔？原来繁简只在一念之间。王原祁明白王蒙乃是心绪简淡，大化天然，以繁为简，以变为简，又能借笔为墨，借墨为笔，笔墨之妙，变化无端。

与王原祁同时期的画家恽寿平也说：

古人用笔，极塞实处愈见虚灵。

又过去了一年，在1706年，王原祁再画《仿王蒙山水》。这一次，王原祁在跋文中依旧推赞王蒙，他说，王蒙的扛鼎之笔，力在神不在形，他以清坚化为柔软，以澹荡化为夭矫，犹如画中之游龙也。

1707年，王原祁继续仿画王蒙山水，却是别有感言。先祖父王时敏曾藏有王蒙《灵泉清集》和《丹台春晓》二图，是王原祁学画的最初摹本，自幼时便得以临观，并延续了一生。王原祁自检，这一次的仿画，不知能否得到其神貌之万一？

到了1708年和1709年，王原祁又先后两次仿画王蒙。展观画跋，可见王原祁在畅春园里心绪畅然。在1709年的画跋上，王原祁说他正在园内听候陪宴，兴致甚好，便不禁摹画王蒙笔意，并记其事；而在1708年的《仿王蒙长卷》上，王原祁更是题写了一篇长长的美文画跋，舒展开来原是一幅畅春园的美丽画卷。

拨开如木叶一般披离的文字，我见他在畅春园里踽踽而行，目光所及，心所畅然；移步换景，天地为春；临景抒怀，映写山水；借景生情，笔墨为真。

画家远望西山——都城之西，层峰叠翠，西山龙脉自太行山蜿蜒而来，起伏结聚，山麓平川，回环几十里……

画家近观御苑——芳树甘泉，金茎紫气，瑰丽郁葱，御苑在焉。此地遍是郊野风光却又如同蓬莱和阆苑的仙界，置身其中，便可尽享盛世之美景……

王原祁不禁喟然感叹：我入值畅春园多年，尽在晨光夕照之中，享受皇苑之清华，远眺西山之爽秀，令我旷然会心，能不濡毫吮墨，以真笔墨画真山水吗？古人如是，我亦如此。

此处，王原祁其言昭昭，又言明了他仿画王蒙的又一个缘由——要以真笔墨画真山水。我已记不清，王原祁说过多少遍真笔墨，又讲过多少遍真山水，但只见他的笔墨山水，地遥天迥，风熏草暖，轩楹雅素，落月窗前。

过去读过李白的一句诗，早已忘记，忽而想起，觉得多少有些近于此时的王原祁，便取来借用于兹：

我闭南楼看道书，幽帘清寂在仙居。

王原祁在畅春园的幽帘里，先后九次仿画王蒙，又九次题写画跋，以题解画，以画证题，循环往复，九曲流觞，其实，就是在勾勒一幅自己的心灵山水，描绘一隅自己的精神花园。

当王原祁落笔写下一段段画跋，当三百年的远风把这些跋文轻轻漫抚，微微飘摇，前后贯联，缀合成篇，我便看到，畅春园里的那个画家，挥毫命楮，精笔妙墨，乱叶飞丹，枫当凝素，终是以古为师，以心为法，淡沱似春，道法自然。

四

1626年，王原祁的祖父王时敏也曾画过一幅《仿王蒙山水》，丘壑浑成，烟霭微茫，笔清墨润，运腕虚灵。300年后张大千和顾麟士书写了题跋，又曾经收藏大家戴培芝递传。待我见到此画时，已是在2007年西泠秋拍的专场上。

王原祁少时在祖父身边学画，他一定是见过王时敏《仿王蒙山水》的，所以，王原祁的笔墨，仿王蒙，也兼仿王时敏，王原祁和王时敏祖孙二人的《仿王蒙山水》，也可比照着作壁上观。

王时敏不仅是王原祁的祖父，还是他鸿蒙初辟的书画师父。

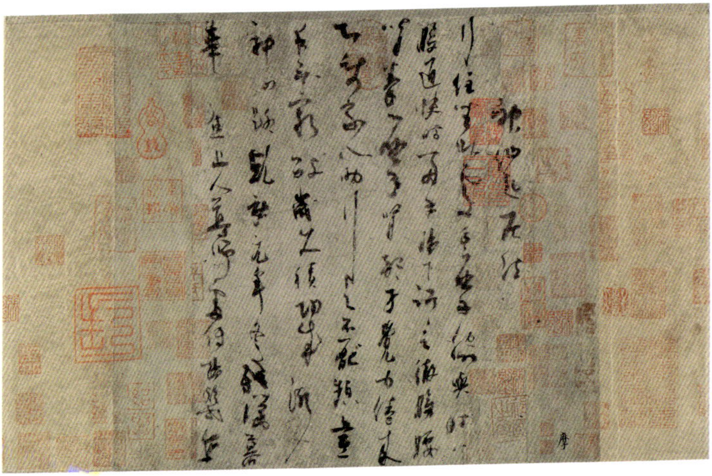

五代　杨凝式　神仙起居法卷　故宫博物院

因王时敏曾任太常寺卿，故世称王奉常，王原祁也称他为先奉常。王原祁的许多画款上，总会讲到先奉常对他的教诲和影响。

王时敏也有一个好祖父王锡爵，王锡爵是明万历朝的大学士，又富于收藏，嗜古成癖。王时敏自幼侍祖父侧，姿性颖异，淹雅博物，文采早著，画有别才，备受祖父喜爱，这也正如同王时敏与王原祁的祖孙情景一般。王时敏说他在祖父膝下，从来都是见王锡爵拥炉剪烛，谈经论道，而未尝一言及于荣华富贵。

如果说，王原祁和王时敏都有一个好祖父，那么，王蒙则有一个好外公赵孟頫。赵孟頫，元代初期的书画家和诗人，世称“元人冠冕”。王蒙少承家学，学画之初便受赵孟頫指授，终于大成。赵孟頫的诗文清奇高古，飘然出世，更是给王蒙以沾溉。秋日里，赵孟頫曾画一幅山水卷，又题一首隐逸诗。外公的好卷，王蒙当然观过；外公的好诗，他又怎能没有吟诵过：

霜后疏林叶尽干，雨余流水玉声寒。

世间多少闲庭榭，要向溪山好处安。

王蒙一生好隐，在山里晦迹隐世了近三十年，先后隐居过两个黄鹤山，便自号黄鹤山樵，画了《夏山隐居图》《青卞隐居图》《夏山高隐图》《溪山高逸图》《秋山草堂图》《春山读书图》，都是山中的隐逸之作。所以，王蒙隐在黄鹤山，才真正是以真笔墨写真山水呢。

只是不知，为何王蒙少有诗作，只在《草堂雅集》中收录有若干首，如他在元至正二十六年（1366），为友人刘性初所作《破窗风雨图》的一首自题诗：

纸窗风破雨泠泠，十载山中对短檠。

老矣江湖归未遂，画间如听读书声。

不过，皇帝写隐逸诗，毕竟不伦不类。不如去读一首宋人叶茵的《山居》：

古木环池竹数竿，疏篱补菊屋三间。
白云不放红尘入，无怪山人懒出山。

也许，王原祁喜欢临仿王蒙，还有一个很重要的原因，就是对其隐逸世界的向往。其实，王时敏和王原祁也隐。只是，王蒙隐于野，王时敏隐于市，而王原祁隐于朝。大隐隐于朝，王原祁便是大隐，身不隐而心隐，身归于朝廷，而心没于草野。

以王原祁淡泊的心性，他原本也该隐去山里作画的，但是，他没有隐去的理由。他本无遗民思想，而且，他遇见了一个明君。康熙皇帝那么欣赏他，把他招到御前来讲画，作画，设画院，鉴定内府名迹，后来又命他充任《佩文斋书画谱》总裁，这部一百卷的大书，是第一部中国书画著作的总集。

虽然，王原祁当时已是画倾朝野，但他却不是一个宫廷画家，他的画也不是宫廷画。他身处畅春园而不是紫禁城，他举目望远，眼前浮动的是西山的烟岚。

他固然不能像王蒙一样隐在大山深处，以山光水色为画屏，但是，他毕竟是在康熙的郊外苑囿，畅春园与西山未远，尽在目光所及，山水之象，露澄霞涣。

他既非伛偻于皇城之下，又非卧游在山林之中。在畅春园的画院里，他尽可近古，嗜古，摹古，集古，却又亲近天地自然。这样一个诗担挑云、月白风清之地，恰恰让他得其所哉，又神有所往。

他渴望世间的真山水，羡慕古人的真笔墨。如此，王蒙的真笔墨，又怎能不让他伫立于畅春园的冈坡之上，寄怀于眼前云烟变灭的真山水？他屡仿王蒙，他早已浸淫于王蒙的真山水和真笔墨之间。

五

本来，王原祁随其祖父王时敏，第一追慕的是元四家之首的黄公望，以黄公望为皈依。所以，讲王原祁，本应先讲黄公望。王蒙虽是一座壮阔的边城，但黄公望才是天下第一关。只不过，王原祁是后世的集大成者，所以，条条大路都会通往王原祁。

我看到，集大成者王原祁仿古，除了王蒙和黄公望，也仿了太多的荆浩，关仝，董源，巨然，范宽，赵令穰，高克恭，赵孟頫，吴镇，倪瓒，董其昌。他观临古人，如同他瞻望畅春园的夜空，轻云笼月，星汉灿烂。

而我先前偏偏从王原祁定标王蒙，或因他自幼即从祖父学画于王蒙，独许幽寻；也因他多年临仿王蒙山水，颇得天机……冥冥之中，若有神意，便循着王原祁的画笔，一片闲心，孤云蓬迹，沧山映水，清风匝地，一路去寻访七百年前黄鹤山中的王蒙。

我不知王原祁是从王蒙走向了黄公望，还是从黄公望走向了王蒙。王原祁七十岁时曾言，自己一生都在学黄公望和王蒙，年已垂老，方知两家的画路其实是相通的。

黄公望，字子久，自号大痴道人。王时敏是清初学黄公望学得最好的画家，对子大痴笔墨素有癖嗜，王原祁自然也以子久为师，他吟诗道："四家子久是吾师，平淡为功自出奇。"

年少时，王原祁便在王时敏身边听他讲黄公望，学黄公望，一生仿画黄公望仿得最多。入值畅春园后，又在康熙的御前临仿黄公望，恭谨从命，自不待言。他说皇帝是天纵神灵，而自己乃是草莽之人，只能遵循先贤笔意，竭尽薄技。

王原祁仿画黄公望，总是感触颇深，他知道，从来论画者都讲究画面严整、渲染尽美，只有黄公望，运笔下别有空灵，渲染中别有洒脱，方得平淡天真之妙，恰恰仿之者唯此为难。

在入值畅春园之前，王原祁就已数次潜心仿画黄公望的《富春山居图》了。1700 年入值畅春园之后，王原祁更是遍仿大痴山水，神与心会，心与气合，其中，最用心者，自然还是仿画《富春山居图》。

1703 年和 1708 年，王原祁先后两次仿画《富春山居图》，而他此生最后一次仿画此图是在 1710 年。那一天，正是立春，王原祁在畅春园侍直的余闲，偶拈此卷，用心追古，若以黄公望的平淡天真，发其苍古奇逸之趣。

从 1703 年到 1710 年，在畅春园里，王原祁用七年时间仿画了三幅《富春山居图》，而当年黄公望画《富春山居图》时，行乎不得不行，止乎不得不止，也是整整七年而成！

《富春山居图》是一幅史诗般的画作，落笔勾神，苍古奇逸，风骨清明，色墨隽异，与宋元诸大家有超然独出之妙，在黄公望的诸多画迹中，被王原祁推为第一，却又令他自觉墨痴笔钝，难摹其妙，辍笔彷徨，徒生感叹：殆其人可及，其天不可及乎！

天不可及……所以，王原祁说，《富春山居图》的笔墨已入化境，学者须以神遇。他曾在画幅上落诗一首，画意悄然以思，诗心悠然以远：

清光咫尺五云间，刻意临摹且闭关。
漫学痴翁求粉本，富春依旧有青山。

痴翁，即大痴，黄公望是焉。王原祁说，五十余年来，他遵从先祖父王时敏的教诲，所学者大痴也，所传者大痴也。然而，可及可到处，正不可及不可到处。古人笔墨如风行水面，哪里是今人所能企及的！

六

然而，王原祁仿画《富春山居图》只是学大痴之一例，其实，他仿画黄公望的《春山图》《夏山图》和《秋山图》，才不仅是真山水、真笔墨，而且算得上是真神奇。

世人尽说黄公望擅画秋景，他笔下的景观多是风高木落，秋韵纤妍，高华流丽，苍翠丹黄；世人皆知黄公望取法董源，北宋沈括说董源：多写江南真山，尤工秋岚远景。王原祁远望黄公望，亦如黄公望远望董源，山川相缪，郁乎苍苍，白云在空，好风不收。

王原祁久闻黄公望曾画过一幅《秋山图》。他年少时就听王时敏讲，很多年前曾在丹阳见到过黄公望的《秋山图》，墨飞色化，神完气足，真正是大痴生平第一，神逸超绝今古，但几十年过去了，此画不可复睹，临本亦无，艺苑论画也不见有人说起，一世名迹就此湮没。

这件事被王原祁一再说起，话语间充满了惆怅和遗憾。虽然黄公望的原画早已杳不可及，不知所终，但画中的秋山还在，一定还在那片弥漫的云烟里，一定还在遥远的水中央，那里，是王原祁永远的梦幻。

> 蒹葭苍苍，白露为霜。所谓伊人，在水一方……
>
> 溯洄从之，道阻且长；溯游从之，宛在水中央。

几十年间，王原祁追忆祖训，回环梦寐，甚至以《诗经》中之“秋水伊人”喻之，终于，他参以大痴名图，“以余之笔写余之意”，画出了一幅根据自己想象而临仿的《秋山图》。

秋水如影，秋山如梦，王原祁的眼前仿佛又浮现出先贤笔下的秋山，真如水中之月，镜中之花，不禁自忖，不知当年黄公望的真迹如何？不知自己仿画的神韵如何？都说智者千虑，必有一失；而我愚者千虑，或有一得……

愚者只为一得，王原祁后来竟仿画了十余幅《秋山图》，我便观过他 1709 年腊月在畅春园画的《仿大痴秋山图》。观其画如观其人，我也仿佛见他，秋日映檐，花竹娟秀，笔墨生兴，漫为点染。

就在这一年的九月末，王原祁还曾画过另一幅《仿大痴秋山图》。其时，他正在畅春园入值，寒风迅发，气候萧森，动学士之高怀，感骚人之离思，遂作纸上秋山。他想象着黄公望作画时正在湖桥纵酒，而他却在畅春园簪笔待诏，虽然相隔四百年，但

明　文徵明　洛原草堂图卷（局部）　故宫博物院

他却说彼此的心境是相同的。

王原祁是多么想走进黄公望的秋山啊，许多时候，他甚至只要画《秋山图》。他梦想着去与黄公望纵酒言欢，他盼望着要去黄公望的秋山中做一个仙家。当然，他只能潜入自己的画幅里，做一个画中人。他已经入画了，他的画也已经入诗了。于是，在

一个飒飒的秋夜，暮云白石，清泉空蒙，他摹写黄公望笔意，颇有所会，便漫题一绝：

仙家原只在人间，欲问长生好驻颜。
自是山中无甲子，清泉白石大丹还。

七

黄公望一生慕秋,《富春山居图》也是初秋的画笔。他也偶画夏山，这一点，他与王蒙不同，王蒙喜画夏山。王蒙隐居，夏日的山林里才是最适意的,所以王蒙画了那么多幅清凉碧翠的《夏山图》。而黄公望终日悠游，自然更是喜欢秋日的长烟一空，浮光跃金。

黄公望和王蒙俱是以董源为宗。董源最重要的作品是《潇湘图》和《夏山图》。以己所见,由董源的《潇湘图》分流而出黄公望的《富春山居图》，由董源的《夏山图》则分流而出王蒙的《夏山图》。

董源的《夏山图》之后,北宋画院燕文贵也画过一幅名作《夏山图》，且看燕家景致之夏山，云雾显晦，峰峦出没，沙碛平坡，水泽汀岸。七百年后，乾隆皇帝还曾题诗一首：

古秀芸芬岁月多，锦𤮽珍重印宣和。
即看与物开生面，浑是临池写擘窠。
如滴夏山常罨翠，欲鸣晴峡渐增波。
高楼百尺轩而敞，试一凭栏快若何。

赖有董其昌的记叙,我方知北宋的赵令穰尚有一幅《夏山图》;

幸有王时敏的所藏，又有王原祁的临仿，我才知黄公望竟然也有一幅《夏山图》。

黄公望是秋天的诗人，他画《夏山图》，也许更多的是在向董源、燕文贵和赵令穰致敬。过去读南唐宰相冯延巳的《虞美人》："春风拂拂横秋水，掩映遥相对"，总是不解，春风怎能吹起秋水？现在知道了，黄公望的秋笔也能画出夏山。

不过，正如王原祁从未见过黄公望的《秋山图》，我也从未见过黄公望的《夏山图》，便只能借观王原祁的仿笔，感受黄公望的流风遗韵。

然而，据说，黄公望的《夏山图》，却原来也是一幅仿古之作，仿自董源的《夏山图》。如此，王原祁仿黄公望的《夏山图》，画题实在应为——《仿黄公望拟董源〈夏山图〉》。王时敏便是这样仿画题画的，王原祁又怎能不随祖父如此这般？

因而，观王原祁的《夏山图》，便可旁观王时敏，近观黄公望，远观董源。从董源到黄公望，又到王时敏和王原祁，夏山绵延，夏水悠远，翠岩森列，松岭云岩，而董源终是在夏山最深处。

我已知王原祁画过两幅《夏山图》，一幅是在 1700 年。大约在冬季，王原祁获观了同辈画家王翚临仿黄公望的《夏山图》，颇有感悟。王翚比王原祁年长十岁，同为清初四王之一。到了春季，王原祁也仿黄公望画了一幅《夏山图》，并题诗一首：

斜风细雨打篷窗，北望扬州隔一江。

无限云山离绪写，西园犹记倒银缸。

另一幅是在1713年，那时他正遵康熙旨意，忙于万寿图馆的督理之事，因而拖延了一些时间方才完成。他说这幅画只是约略为黄公望《夏山图》的大意，难以尽美，因为仿黄公望不难于雄厚华滋，而难于平淡天真。

也许是他公务繁积，难有平淡天真的心境吧？也许是他沉浸秋山，夏山只是他暇时偶尔添缀的些许散笔吧？倏忽而过，便不复来。

确实，王原祁仿画了这一幅《夏山图》后，便又去仿画黄公望的秋山了。画不完大痴的秋山，写不尽大痴的秋水。秋山上有黄公望濡染淋漓的秋韵，秋水里有他心中思慕的伊人。地闲心远，天高水长，笔墨缱绻，只在秋山！

八

王原祁追摹黄公望，虽在冬季偶画夏山，却在四时都要落笔秋山。然而，君却有所不知，王原祁仿黄公望，居然还画过一幅《春山图》，那是在1708年的夏天。

王原祁的时节真是颠倒了，你看他，彼时在冬季画夏山，此时又在夏季画春山。可见他的画，多是写心中的山水，也多是写心中的春天、夏天和秋天。

但是，谁承想，黄公望一生并没有画过《春山图》，王原祁也知道黄公望并没有画过《春山图》，既然如此，那他又是如何仿黄公望画《春山图》呢？

已知画史上最早的《春山图》是一幅青绿山水，理深思远，虽巧而华，作者是大唐画家李思训，世称“大李将军”，其子李昭道，世称“小李将军”，也作春山，人皆称道其《春山行旅图》。

及至北宋，燕肃最著名的画作便是《春山图》。燕肃是画家，也是诗人，春山咏诗，以诗入画，因而，《春山图》自然便是一幅春山的诗画。

北宋画院画家屈鼎的《春山图》，也是千古流传的名家名作，其形迹和画迹可见宋刻本《东坡集》《图画见闻志》和《宣和画谱》。

南宋的大画家赵伯驹更有一幅著名的《春山图》，山川深秀，树木丛密，匠鋆有情，羽鳞生动，画幅上还有乾隆的御笔亲题。

到了元代，宫廷画师商琦也画过《春山图》，但全然已是元人的兴味了。台北故宫博物院还藏有一幅元代佚名的《春山图》，笔墨寒涩，冷逸枯寂，却并无阳春的气息。元人啊，偏偏元代翘楚黄公望却从未画过《春山图》，这似乎是有些令人奇怪。

也许，仅仅是因为董源没有画过《春山图》？

然而，试想，如果董源画过《春山图》呢？

是啊，王原祁也这样想，如果董源画过《春山图》呢？如果黄公望拟董源也画过《春山图》呢？既然王原祁仿画了黄公望的《秋山图》和《夏山图》，为什么就不能在连续的想象中，再画一幅《春山图》呢？

何况，王原祁在畅春园里，畅以为春，春以为园，园以为梦，梦以为山，又怎么可以不画春山呢？

黄公望虽然没有画过《春山图》，但是他在《天池石壁图》和《陡壑密林图》中都有春山的笔意。于是，王原祁借用了黄公望的春山之笔，根据自己对黄公望的揣摩和想象，画出了一幅不可思议的《春山图》。

于是，我便不禁为王原祁击节赞叹！我甚至要说，这已不仅仅是摹仿，而且是在王原祁的一生中，实现了一次对黄公望的唯一的超越！当然王原祁不会这样去想，他对黄公望亦步亦趋。别人也不会这样去想，人们至多认为这不过是一次墨戏。

王原祁在画《春山图》之前，一心都在仿画黄公望，他已全然领略了其气韵，掌握了其妙法，深知自有天然蕴藉溢于其笔墨之外，淡妆浓抹总相宜也。

不用别人去说他是当代的黄公望，他自己早已恍若大痴了。与王原祁齐名的清初画家恽寿平曾说，王时敏就是黄公望的再现；他是没有看到，后世的王原祁才是黄公望的附体。

王原祁仿画黄公望，入乎其里又出乎其外。他画《秋山图》和《夏山图》，似乎是全然入乎其里了，其实已经出乎其外；而当他画了《春山图》，似乎已经出乎其外，却最终还是入乎其里。有一句古诗："一入春山里，千峰不可寻。"可惜这句古诗，居然不是《春山图》的诗题。

九

王原祁仿黄公望，也仿元四家中的另一位大家倪云林，而且常常是在同一幅画作上兼仿黄、倪二位，理趣愈出，有象外之致。所以他的许多画题，便是《仿倪黄山水》。

我初有不解，你到底是仿黄公望呀？还是仿倪云林呀？一眼看去，黄公望是暖色的，倪云林是冷色的；黄公望是浮峦暖翠，倪云林是晚秋寒林。如果，夏虫不可语冰，那么，暖翠又何以语寒林？

但是王原祁偏偏要把两个不同的丹青大师捏合在一起，亦虚亦实，虚实莫辨；亦黄亦倪，倪黄不分。于是，就变成了另一个

明　唐寅　毅庵图卷　故宫博物院

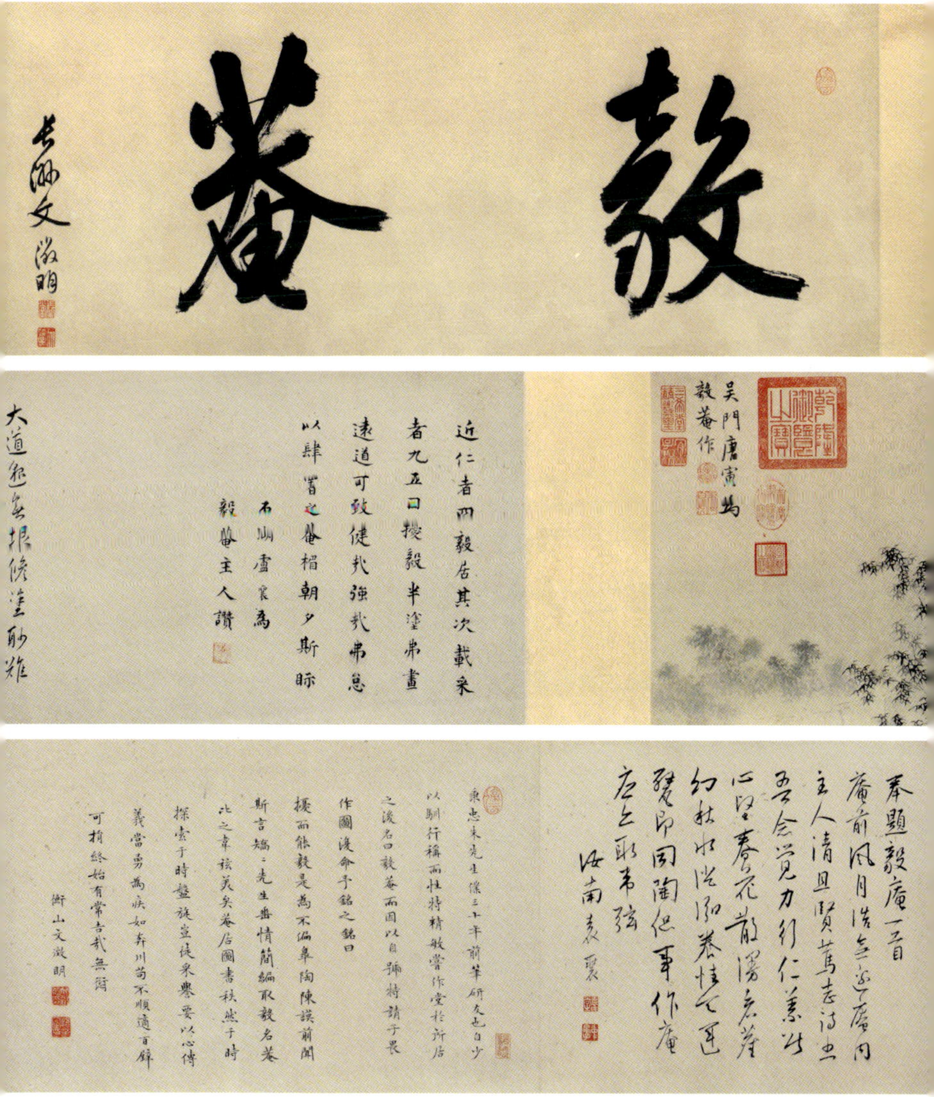
毅菴

倪黄，也变成了另一个他自己。

一道残阳铺水中，半江瑟瑟半江红。

其实，原本不用王原祁把他们二人捏合在一起，当年他们自己就曾合作绘写秋天。黄公望的画笔平淡天真，倪云林的画笔清寂高逸，合在一起，便是平淡而清寂，天真而高逸。

王原祁的仿画，转而游衍，渐欲入微，妙在丝毫之际，意存幽邃之中。他早已观出黄公望和倪云林的气韵约略相似，又均是以气韵胜出，他便专取二人的气韵，又敷以幽淡的设色，超越宋法，借色显真，苍润之中，凭虚取神。

1708 年四月间，王原祁正在畅春园侍直，公余之暇，他拈毫画了一幅《仿倪黄山水》。初看，像倪云林;再看，终是黄公望。他毕竟归附黄公望久矣，他已是黄公望的化身，他只能是在黄公望的底版上间仿云林笔墨，三分春色二分愁，更一分风雨。

1712 年二月下旬的一天，正值康熙皇帝没有临朝视事，王原祁便取了一张好纸，画下了又一幅仿倪黄山水。然而这一次，他在画跋上明明讲这是一幅仿倪黄合作，但画题却是《仿倪云林山水》，我想，此时，在潜意识里，王原祁一定是又把自己当成了黄公望，而为黄公望代笔了。

王原祁把倪云林与黄公望相提并论，他同样最为尊崇倪云林，他说倪云林纤尘不染，平易中有矜贵，简略中有精彩，为元四家之第一逸品。多年来，在仿黄公望的同时，他也一直在仿倪云林。

其实，倪云林又是最难仿的，画史上少有人能尽仿其妙。明代画家沈周最是善仿倪云林，却也难仿其枯笔浅韵，墨淡如烟，往往是一仿即过，再仿还甚，以至沈周不禁慨然，掷笔留诗：

苦忆云林子，风流不可追。时时一把笔，草树各天涯。

在一个九秋之日，王原祁提笔仿写倪云林。他晨夕摹仿，下笔如神，却不知神从何来，又往何处，只见得九秋客思三更梦，一夜西风满地霜。王原祁很少有对自己的画满意的时候，但对这一幅仿笔却颇为自赏，要知道仿倪云林难于上青天！

1707年四月，王原祁扈从康熙皇帝出行归来，间歇时画了一幅《仿云林山水》，云青青兮欲雨，水澹澹兮生烟。他想到自己这些年来簪笔碌碌，夙夜在公，为官所累，无以解忧，唯有摆弄笔墨，寄托情怀，肖其形神，如对古人。

也许，唯有此时，王原祁才最是神往倪云林的清寂，追慕他的高逸。他太喜欢倪云林的一首《秋林图》题诗：

云开见山高，木落知风劲。亭下不逢人，夕阳澹秋影。

便应景写下一首绝句：

云林结隐卧江乡，五百年来笔墨香。
借得溪山消寂寞，不愁风雨近重阳。

十

沈周仿倪云林难，仿梅花道人更难。梅花道人，即元四家的另一位大家吴镇。吴镇一生隐居不仕，达生知命；梅花之笔，清旷野逸。其墓在梅花庵侧，故世人称他梅花庵主。

沈周是仿吴镇的妙手，臻于出神入化之境，却仍然自认差之毫厘，以至曾赋诗感言："梅花庵主墨精神，七十年来未用真。"吴镇的墨法精气充盈，神采奕然，沈周竟说自己画了七十年都未曾完全仿真，甚可叹也！

故此，王原祁反而说沈周可谓深知吴镇矣。

吴镇更多的是继承了五代巨然的法度。巨然的山水，古峰峭拔，宛立风骨；林麓小径，远至幽墅。王原祁便说，梅道人传巨然衣钵。自然，王原祁也传梅道人衣钵。这像不像是螳螂捕蝉，黄雀在后？吴镇捕巨然，王原祁在后……

王原祁终日在畅春园候直，碌碌清暑，寄迹萧寺。落暮时分，便只有，溶溶月色，瑟瑟风声。偶尔在晚间仿梅道人，篝灯挥洒，长笺短幅，夜半始成，欣然就寝，一觉睡去，不知东方之既白。

1704年孟春之杪，王原祁在公务之余，难得放笔仿写吴镇山水。那一日，他心情大好，竟在画跋上落下了一连串的美词，仿佛变身文字大师：料峭乍舒，风日晴美，闲窗寂静，鸟啼花放……

王原祁回忆他十多年前冬日的归途，曾见溪山回抱，村墟历落，颇似吴镇的笔墨景致，虽用心摹仿，却难以如愿。十余年间心领神会，方知古人乃是以天地为师。原来，前人所说的以古为师，其缘起乃是以天地为师也。

到了这一年的秋日，王原祁再仿吴镇山水，他在吴镇的画中同样见到了宋元气韵，又说梅道人笔墨沉着，气韵浮动，可推为元四家之首。但我看他对黄王吴倪四家都是最为推崇，不分伯仲，并列第一。

再说《秋山图》。1706年十月，王原祁曾仿画吴镇《秋山图》。这幅画图，我只是耳闻，从未目睹，却一直想找来，看看他如何仿吴镇的秋山，更可比对他笔下的倪黄的秋山。

虽然此图已杳然其远，我却在故宫的文献中别有发现，知道他另有一幅《仿吴镇秋山图》，落款时间是1707年十二月，上面还有两首题诗，一首五绝，一首七绝，诗中自有吴镇秋山的沉落画影，历历落落，薄采其藻：

其一：

高峰积苍翠，访胜到柴门。莫待秋光老，凄凉净客魂。

其二：

山村一曲对朝晖，秋霁林光翠湿衣。

欲得高人无尽意，更看冈复与溪围。

诗中有画，画中有诗，满幅满目，尽是苍翠、林光、朝晖、秋霁，高峰、重冈、山村、清溪，还有柴门和客魂。

又到中秋。1709年中秋，乍霁新凉，兴会所适，王原祁再仿吴镇山水，土阜平坨，平沙浅水，暮烟凝紫，金波满江……三百多年后，也是一个中秋，我站在画幅前，皓月千里，山鸣谷应；又读到一段画跋，静影沉璧，心有神会。

王原祁写道：用笔忌繁，要取繁中之简；用墨要淡，要取淡中之浓。许多人学吴镇泼墨，命意不高，眼光不到，粗服乱头，挥洒自鸣，却终属隔膜，无非墨猪而已。

我欣赏其繁简浓淡之辩，而对墨猪一词会意一笑。墨猪

明　沈周　九段锦册　芦汀采菱　日本京都市美术馆

之说传之久矣，最早出自东晋卫夫人，距今已一千七百余年，即使从王原祁算起，也有三百年了。然而，光景流连，江山未改，墨猪依旧，今古皆然。笔墨之道今不如古，于今还是只说古人。

王原祁仿黄公望历时五十年，仿吴镇历时二十年。二十年后，他写了一首诗，想着脱去俗尘凡迹，将自己身穿的缁素换成吴镇的天衣：

廿年行脚老方归，庵主精神世所稀。

脱尽风波觅无缝，好将缁素换天衣。

十一

前面已分别回溯了王原祁的元四家之路，西南定何方，路远惟迢迢。清人沈楙德就说王原祁专学黄公望，兼及王蒙，吴镇，倪云林，与元四家别有神契。

然而，王原祁遍仿元四家，自然免不了还要临摹早先的另外两个元代大家：高克恭和赵孟頫。这两个人相识同好，一北一南，雄踞并绝。王原祁说高克恭示变化于笔墨之表，又说赵孟頫发藻丽于浑厚之中。

高克恭和赵孟頫都是著名画家，也都是著名诗人；都爱画秋，也都爱吟秋。我读高克恭，欣赏他的一句“云梢露叶秋声古，万玉丛深翠蛟舞”；又读赵孟頫，他有一首《题秋江钓月图》，不禁让我钓起一夜秋思：

尘土染人衣袂，烟波着我船窗。

为问行歌都市，何如钓月秋江？

高克恭原本学米家山水，仍带巨然遗风，又与黄公望气韵相通，淋漓中见澹荡。赵孟頫呢，你看他画的云山便知，他也同出米家山水，天淡云闲，与时舒卷，高山卧游，即达放逸。

王原祁的秋日，似乎总是要与黄公望有所钩。时至1707年中秋，王原祁仿画高克恭，却又去追摹黄公望，与大痴若即若离，竟同他仿倪黄一般。他自言仿古不必太过拘泥，取高、黄两家相合之处即可。这倒正拟写了高克恭“不是梅边即水边”的诗意：

为爱吟诗懒坐禅，五湖归买钓鱼船。
他时如觅云踪迹，不是梅边即水边。

王原祁又去仿赵孟頫，先作春山，彼岸花开，意犹未尽，复写秋色。他最要仿赵孟頫的《鹊华秋色图》。赵孟頫以青绿山水之笔画山川秋景，静水流深，江村寥落，红树芦荻，豆蔻梢头，其设色不取色而取气，其妙处不在工而在逸。

王原祁的画笔如诗，诗笔如画，意在机先，笔随心止，且读一首他的画中题诗，看他的毫端如何涌出赵孟頫的翠芙蓉：

桃源处处是仙踪，云外楼台映碧松。

惟有吴兴老承旨，毫端涌出翠芙蓉。

高克恭和赵孟頫早年俱学米家山水，又为王原祁推开一扇远望北宋风景的蓬窗。米芾和米友仁父子二人同为北宋大家，自立米家山水，独创泼墨画法，云烟晦明，碧虚寥廓，忘怀万虑，思属风云。

王原祁在畅春园望到了米家山水，然而，米画最为玄虚，在我眼中，那是哲人之笔。王原祁精通画理，又悟道玄学，他说，宋元诸家，都是实中取气，唯有米家是虚中取气，虚中之实，全在乎笔墨之外。——这便已进入到了老子之道，有无相乘，虚实相生。

王原祁仿米家山水，方显出其思辨的本色。他在一段画跋上写道：人但知米家笔法之泼墨，而不知其惜墨，惟惜墨乃能泼墨，挥毫点染时要深思才能明白。王原祁仿过多幅米家山水，他的山水笔墨，也尽在泼惜之间。

1710 年春末夏初的一日，王原祁在畅春园入值，赏溪园晨光晚色，观西山诸峰隐没，烟林清旷，迥出天机，心游万仞，参乎造化，方信米芾遗墨，得天地真髓，遂揣摩成图，便是又一幅仿米家山水。

我忆起，米芾倒是有一首《杂咏》，其诗意恰与王原祁在畅春园这一日的画意绝似，只可惜当年王原祁仿画米芾，未能录此诗以为画跋：

透迤一水出苕丛，碧底无沙冷照容。

独倚溪桥看风月，西山紫翠暮三重。

十二

虽然未见王原祁题录此诗，但他和米芾一样，也在溪桥上看风月，便看到了后梁南唐和北宋初年的透迤一水，澄江万里；也在暮色中吟诗远望，便观到了荆关和董巨的西山紫翠，郁郁葱葱。

1710 年冬日，王原祁用荆关墨法，画《秋月读书图》。荆关，即五代后梁画家荆浩和他的弟子关仝。元代汤垕称荆浩为“唐末之冠”，且看他，有笔有墨，品物浅深，水晕墨章，随类赋彩；更有云中山顶，四面峻厚，高低晕淡，如飞如动。

从历史年代上来看，荆浩才是擅画秋山第一人，画作有《秋山楼观图》《秋山萧寺图》和《秋山瑞霭图》。关仝追随荆浩，也喜作秋山，并画有《秋山图》。可惜荆关二人的秋山之作均已失传，只能从王原祁的《秋月读书图》上，依稀辨识荆关的高古笔墨；又从他的题诗中，悠然品味后梁的桂子飘香：

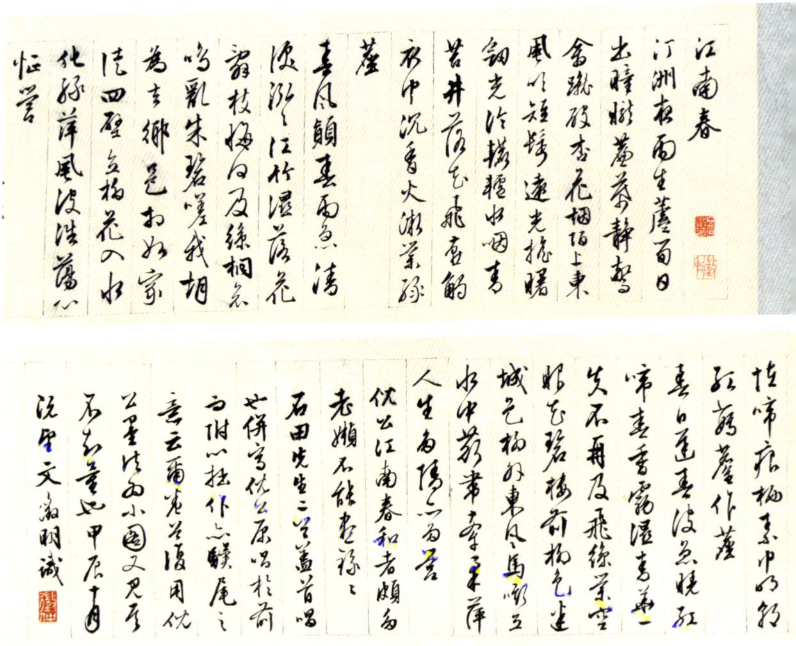

明　文徵明　江南春图并词卷　故宫博物院

秋月秋风气较清，声光入夜傍关情。

读书不待燃藜候，桂子飘香到五更。

荆关山水是北方画派，五代画史上，与之对峙的江南画派便是董巨山水。董源和巨然，一个是南唐的北苑副使，一个是开元

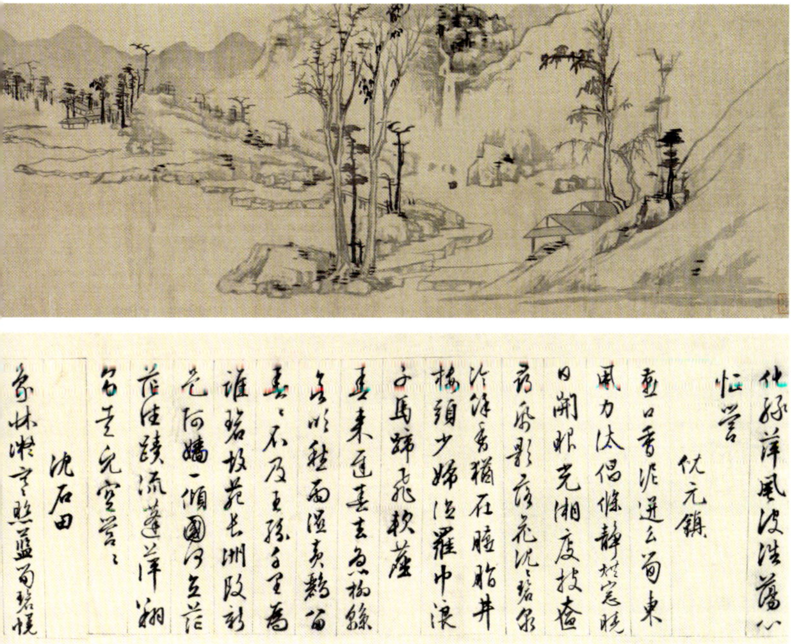

寺的僧人，两个身世殊异的人，却成为中国江南画派的宗主。清初四王之一的王鉴就说，画史上董巨的地位，就相当于书史上的钟繇和王羲之，舍此则为外道。

从来多古意，临眺独踌躇。

如果说，黄公望是天下第一关，那么，董巨则是进得关来方能仰观的江南正殿，其余宋元先贤则或为配殿，或为御道也，均为清初六家所仰视。

清初四王再加上吴、恽便是清初六家，其中的恽寿平曾说，王蒙之所以能够自立门户，抗衡倪黄，就是因为师法董源，得力深也。所以，王原祁追随宋元各家，不管他是先学黄公望，还是先学王蒙，最终还是要入得堂奥，拜到董巨前来。

董源作夏山图，巨然作秋山图，都是王原祁的千秋摹本。他仿黄公望、王蒙诸公，实则是登临此山，眺望彼山，远溯董源和巨然，向五代的山水之源跋涉。

王原祁学董源，笔墨积微，通幽入胜。董源的画气韵生动，神逸兼到，雄伟奔放中得平淡天真之趣，开以后诸家法门。王原祁从大痴入门，勤学不逮，渐有进步，但若想探画法究竟，还只能在公务之余用心于董巨。

他的心境早已化入杜牧《登乐游原》的诗境：

长空澹澹孤鸟没，万古销沉向此中。

1705年重阳日，王原祁仿画董源。本来，康熙让他作一轴董源大幅，他未敢成稿，先以此试笔。虽是试笔，他却在画稿上写下了一行可以传世的金句：

学不师古，如夜行无烛。

1707年四月，王原祁扈从康熙去苏州，康熙雨中去游虎丘，不知何故，王原祁竟留于子充斋而未随行。他难得一日空闲，笔墨之兴油然而生，遂仿画董源并以记之。

1710年，又是四月，王原祁在畅春园再仿董源。过去了整整三年，王原祁的情味，自然又丰富了许多。他明白元人各家，都可以在此溯本穷源，而他自己，虽已学习董源多年，却感觉还没有完全把握。

他同时也在仿画巨然。巨然是董源的门生，又是开元寺的僧人，但不知是不是中国画史上的第一个画僧？巨然的画似有佛性，水云萧散，烟霞浪迹，气象幽妙，动用逸常；巨然的山亦如一入定的老僧，静穆如初，真思卓然，烟浮远岫，溪山兰若。

就在1705年的重阳日，王原祁刚刚仿完董源，又去仿巨然。他说巨然在董源之后，取其气势却又有变化转折，融和淡荡，元季大痴、梅道人，皆得其神髓者也。自己的功力尚不纯熟，气韵也未能舒展。

1708年冬天的畅春园，王原祁仿巨然始画了一幅雪景图。

他平生所画的雪景图并不多见，这一次也没有一气呵成。两年后，1710年的立冬之日，还是在畅春园里，吹灯窗更明，月照一天雪，王原祁才终于完成了这一幅笔墨雪景。

春夏秋冬，景状不同；四时晓暮，各极其致。王原祁画遍了《春山图》《夏山图》《秋山图》，虽偶画冬景，然而，山阿寂寥，千载谁赏，《冬山图》却终是阙如。冬山如睡，也许，王原祁的冬山还沉睡在秋山的幽梦里。

天际边，似听见有一个声音念诵北宋画家郭熙的山水训：

> 春山澹冶而如笑，夏山苍翠而如滴，
> 秋山明净而如妆，冬山惨淡而如睡。

又听见清初画家恽寿平的微吟，却好似是记忆深处的回音：

> 春山如笑，夏山如滴，秋山如妆，冬山如睡。四山之意，山不能言，人能言之。

十三

且看王原祁，一生学古，溯流先古，力追古法，遍临古迹。然而，在他的攀古之路上，除了启蒙祖师王时敏以外，还有两个人对他甚为重要。

第一个人，是一个大神级的人物，自王原祁学画伊始，便在王时敏的亲炙下，得到了此人的神仙指路。王原祁俯仰今昔，一步一踱，无论走得多远，都与大神的指向如出一辙。

这个大神，不仅是龙蟠一方的画坛领袖，也是王原祁的精神导师，而且，还是王时敏最为敬重的书画先生。更不必说，他名噪海内，就连康熙皇帝都对他推崇备至，褒扬有加。

他就是明末书画名流董其昌。

董其昌真如神人临世，凌跨唐宋，古法兼饶，穷微极造，秀逸绝伦。王时敏中年时多取法于他，追蹑后尘，取得真经，遂开一代摹古之风，清标玉立，逸韵风生。

王原祁自幼得道于祖父王时敏，祖父的慕古情怀对他的影响根深蒂固。我时时会觉得，他们祖孙二人，尤有深契，形同一人，不仅其仿古画风难以分辨，甚至其许多画跋，居然也都是非常相似。而且，在二人的相似之外，他们又都更像另外一人，此人便正是董其昌。

王时敏携王原祁膜拜董其昌，俱宗宋元大家，又都深受董其昌推崇黄公望的影响，最为认可董其昌之摹古。王原祁有言：学古之家，代不乏人，而青出于蓝者无几，惟有董其昌能够得到黄公望的神髓，所以，学习黄公望，还要再学习董其昌。

王原祁甚至说，惟有祖父王时敏能够传承董其昌的衣钵。那么，就是说，在此之后，也惟有他王原祁才是董其昌的传人。王原祁简直是笔墨不离黄公望，而行走学步董其昌。王原祁仰慕董其昌，手摹心追，深有契焉。

所以，讲王原祁，不可不说董其昌。虽然两人隔代，并未谋面，也非亲授，但董其昌之于王原祁，就是神一般的存在。王原祁说他：天姿俊迈，仙骨天成。对于王原祁来说，董其昌就是一个祖父嘴上时时叨念而他心中又时时尊崇的神人。

董其昌确实是大有神性。他通古贯古，学古变古，又开天辟地，独领风骚，提出南北宗论，廓清了画史的格局和分野，也一举奠定了他在画坛宗主的地位：

> 禅家有南北二宗，唐时始分。画之南北二宗，亦唐时分也。

他还把无款无印的一幅高古《潇湘图》，认定为董源作品，“董源画世如星凤，此卷尤奇古荒率”，从此被画史视为南派山水的置顶之作，开宗立派，奉为圭臬。

偏偏有一幅《万壑松风图》，史家早已断为董源所作，董其昌却说是赵孟頫之笔。究竟是董源还是赵孟頫，王原祁莫衷一是，便只好说：未知孰是，置之可耳？仿画此图时，也只是题写“万壑松风笔意”，而不写明仿自何人。不过，王翚却并不以为然，依旧认定为董源作品，并画了一幅《仿董源万壑松风图》。

董其昌的画作，也多为仿古。头上三尺有神明，他也头顶着诸多的大神。例如倪云林，虽寂寥小景，自有烟霭之色，若淡若疏，萧疏简贵，却是董其昌崇尚的最高境界。更不必说董源、巨然、米芾和赵孟頫。

不过，我虽然封神董其昌，却并不喜欢他的笔墨。

你说他是诗韵，我说他是绮靡；

你说他是仙灵，我说他是散逸；

你说他是天真，我说他是纤弱；

你说他是风雅，我说他是浮丽。

这也是我与王原祁的品鉴之大不同。但是，这并不意味着我否定董其昌的神性。董其昌的诗画里确实少有烟火气，我曾读过他的一首题画诗，也不知他究竟神焉？抑非神焉？

山木半叶落，西风方满林。无人到此地，野意自萧森。

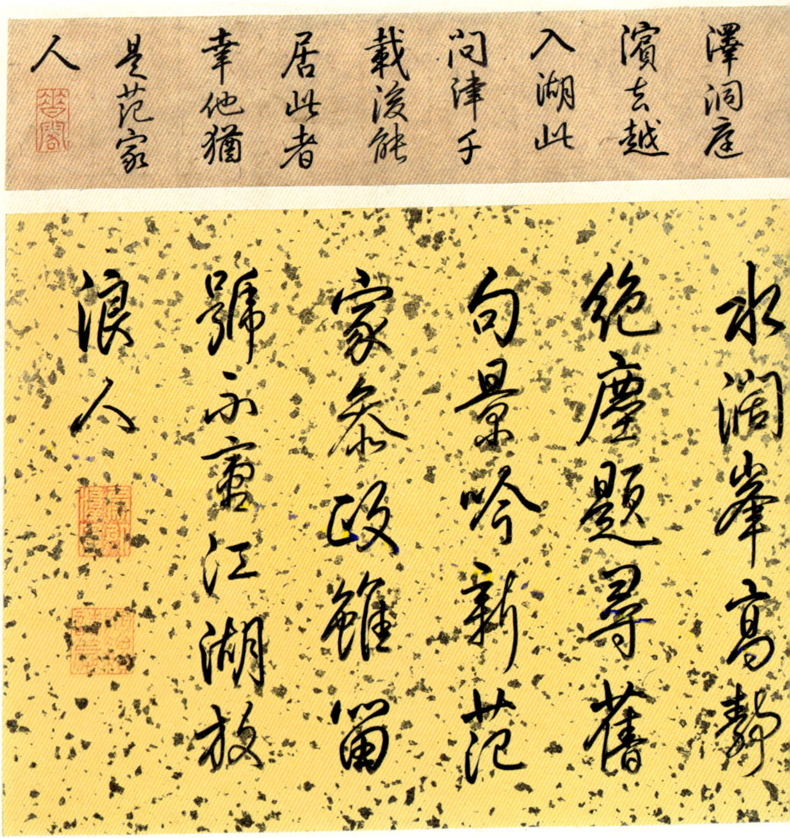

明 文徵明 石湖图册 故宫博物院

石湖

十四

简单说完了董其昌，再说另一个对王原祁甚为重要的人，他便是康熙皇帝。

康熙对于王原祁的重要是不言而喻的。如果说，董其昌是王原祁的世界里一个神一样的存在，那么，康熙却是一个真正的天子；董其昌离世六年后，王原祁才出生，而康熙却是王原祁朝夕侍奉的君主。

康熙乃英杰之主，仪表堂堂，神气清明，在位六十一年，经文纬武，寰宇一统，圣学高深，崇儒重道，尤有好学不倦之精神。朝鲜哲学家洪大容到畅春园拜见康熙后就说："臣见畅春园而知康熙真近古英杰之君也。"

我不知王原祁是如何从一个地方小吏，入得宫来，当上翰林院的侍讲学士和康熙身边的侍读学士，但知他深得康熙赏识，终日候在畅春园入直，为康熙讲授书画，康熙下江南时也要扈从随行，与康熙朝夕相近。

康熙不仅欣赏王原祁的笔墨，而且喜欢听他讲授画理，此时，王原祁便不仅仅是辅臣，还是康熙所倚重的书画帝师。但皇上终究是皇上，只不过康熙能让王原祁在御前倾吐才学，激扬宏论，又要让王原祁恭领圣恩，迎合君意。

康熙欣赏王原祁，可能有一个原因，因为他也是一个董迷。康熙曾赞董其昌“每于若不经意处，丰神独绝，如清风飘拂，微云卷舒，颇得天然之趣”。

皇上圣明可鉴，又怎能看不出董其昌与王原祁的渊源？王原祁的先师就是董其昌，董其昌的后学就是王原祁，二人神静心和，竟如一人。

董王俱师董源之古，董王俱慕米芾之古，董王俱摹倪黄之古，董王俱仿王蒙之古，……王原祁简直就是董其昌的再世和显灵。康熙甚至已分辨不清御前的是王原祁，还是董其昌。在康熙眼中，王原祁便是今世的董其昌，而董其昌便是先世的王原祁。

王原祁既承董其昌，又深受康熙宠信，自然便奠立了他在朝野画坛的地位，一时名满天下。作为一个御用画师，王原祁可以享用的最大权力，便是可以在畅春园里随意行走，正难得收尽园中景致处处入画。更何况，康熙让王原祁在畅春园潜心摹古，毫端毕达，于是，千年画史都尽现于畅春园的画房，屋角檐底，山水大观。

王原祁的画房，室内是山水，室外是春秋。王原祁晴日赏秋，就连庭院里的一架葡萄也能触动他的诗心，画家不禁口占一诗，聊以寄兴：

庭院扶疏一架斜，传闻名种自乘槎。
颗圆的皪垂珠箔，光逗晶荧润玉华。
绿蘸虚窗成结绮，碧倾新酿羡流霞。
摘来应共家丞赏，秋实由来胜似花。

十五

1713年，康熙六十寿诞之时，总裁官王原祁奉旨主绘了《万寿盛典图》长卷，所记为寿典盛况。这是王原祁平生为数不多的写今而非仿古之作。

画卷长达近五十米，已是迄今所知尺幅最长的古代绘本。惜原本已被烬毁，仅余其市井卷稿本、朱圭刻本和嘉庆二年的重绘本存世，今有褚朔维先生的严整考据为证。

此图承续了张择端《清明上河图》的写实传统，又沿袭了仇英《清明上河图》的精绘风格，画面随康熙銮驾的路线延展，起点始自畅春园，终至神武门，沿途数十里，辇路经行之处，百官朝贺，万民称庆，衢歌巷舞，击壤呼嵩。漫漫长卷，竟如逶迤长路，写满了，锦坊彩亭，层楼宝榭，銮仪行辇，街景人流。

在2014年故宫展出的《万寿盛典图》重绘本上，我第一次看到了畅春园大宫门的图景，宫门五楹，坐北朝南，畅春园的御书匾额高悬在上，金碧辉煌。东、西各有角门一座，朝房五间。当我的视线穿越宫门，似可见园内三分景致：竹溪渔浦，鱼鸟近人，轩畅闲雅，风尘栖息。

这便是康熙的畅春园吗？这便是王原祁最后十几年间流光溢彩的畅春园吗？

清代皇家在京城西郊有著名的三山五园，三山即万寿山，香山，玉泉山；五园乃畅春园，圆明园，万寿山的清漪园即颐和园，香山的静宜园，玉泉山的静明园。其中，康熙的畅春园修建得最早，规模最大，是清廷五座皇家园林之首。

在《万寿盛典图》上可以看到，当年的畅春园一带，前后汪洋，直若薮泽，莲芡菰蒲，兼以水稻。畅春园建于明朝武清侯李伟的清华园旧址，依高为阜，即卑成池，叠山理水，弥望涟漪，是一座远山近水又衔山抱水的水景御苑。

且看那一片百顷芳湖，波面游鳞，一望漾渺，江干湖畔，深柳疏芦。不知何时，不知何故，又不知何人，竟为这一片湖面起了一个如诗如画的名字：丹棱沜。

关于丹棱沜，远在明代，诗人王嘉谟就曾写过一篇《丹棱沜记》：

沜之大以百顷，连以数里，可舟可钓，负山丛丛，盖神皋之佳丽，郊居之选胜也……

清康熙户部尚书王鸿绪也曾赋诗丹棱沜：

西岭千重水，流成裂帛湖。分支归御苑，随景结蓬壶。

康熙年间，有关畅春园的诗文甚多，但写得最好的，却是康熙的御笔美文。我以为，历代帝王的文章翰墨，最好的诗歌是曹操的《短歌行》，最好的绘画是宋徽宗的《瑞鹤图》，最好的文赋，则莫过于康熙的《畅春园记》。

只是，这一篇记文，却最终变成了一篇祭文，那曾经的御园啊，久已矣，岁远零落，故迹堪寻。而曾经的皇上，早已化为青烟仙逝；他的《畅春园记》，不知何时，也已随之风中飘散，今人多有不知。

王原祁自然是恭读过《畅春园记》的，他笔下的山水，也处处散落着畅春园的风月。时至今日，当我夜读康熙的畅春园遗篇，眼前浮现的，却还是王原祁在畅春园的悠悠烟水，澹澹云山：

当夫重峦极浦，朝烟夕霏，芳萼发于四序，珍禽喧于百族。

畅春园的牡丹，并不似自己家乡的花草；竹深的莺啼，也比不过江南的四月天。云无心以出岫，鸟倦飞而知还，只是，无奈的他，身不由己，只能在畅春园里，像一棵会思念而不能行走的树，为康熙终日值守，却乡思如雨，乡愁如烟，烟雨潇潇，情系乡园：

眼饱长安花欲燃，却教愁绝路三千。
竹深处处莺啼绿，输与江南四月天。

在畅春园里，王原祁就是一个逐岁老去的守望人，孤独而平静，寂寥而坚执，守望着自己秋山之上的梦想，也守望着自己不被遗忘的乡园，在无数个不眠的夜晚，挑灯檐底，展素落墨，孤情绝照，寒夜生辉。

十七

为了探知旧时的畅春园，我曾翻阅清人高士奇的《蓬山密记》，见书中记载，1703 年三月，他被召入园，遍观园中诸景。高士奇特别写到了畅春园的牡丹："牡丹异种开满阑栏间，国色天香人世罕睹。"

原来，康熙最爱牡丹，园区湖岸尽是牡丹花海。康熙甚至还亲自编了一函《牡丹花谱》，御赐牡丹花名九十余种，其中惟绿牡丹清雅迥常，世所罕有，故而康熙赋七绝以记之：

碧蕊青霞压众芳，檀心逐朵韫真香。
花残又是一年事，莫遣春光向日长。

我却想起王原祁独赏葡萄，还记得他赋诗葡萄藤架，写成佳句“绿蘸虚窗”，却未见他吟咏满园的春日牡丹。虽然畅春园里阶上窗下，与物皆春，但是王原祁却偏要以春为秋，知春守秋，只说“秋实由来胜似花”。

牡丹是雍容华贵的帝王之花，又有谁能与康熙共赏！

然而，花残岂是一年事？1722年康熙故世后，满园的牡丹便随着主人的离去而香魂消散了。先是雍正皇帝修建了圆明园，后来乾隆皇帝又修建了春漪园，没有了主人的畅春园便逐渐沦为一座废园。

回头乐事浮云改，瘗玉埋香今几载？

今日，康熙的畅春园早已荡然无存，湮没无闻，只有雍正元年和乾隆四十二年分别修建的两座山门茕茕孑立，形影相吊，虽然并非康熙时期的原筑，王原祁自然也是从未见过，但是，作为畅春园仅存的标志物，却可以借此定标园区景观的大致方位。

谁能想到，恩佑寺，这一座小小的山门，此前居然是康熙的寝宫所在地。我想象着面前的清溪书屋，松轩茅殿，古木繁花。从山门逶迤南行，脚下仿佛是当年的苔径露水，路绝纤尘，绕过印象中的莲池荷岸，筠廊曲折，灌木丛植，芭蕉一碧，我停下脚步，此处应该就是王原祁的翰林值房和画院了。

但实际上，我只是走到了一个普通的社区门口，人流往来，进出不息。我相信居民们少有人清楚这里曾是大清皇帝的宫苑，更不会知道一个清代大画家王原祁原来在此日日守望，夜夜守候，年年守岁，空岁问兹年。当然，也没人认识我。门卫问我：你找谁？我答道：找王原祁。

我真的是想找王原祁，找寻他隐现在光影中的面容，哪怕是找到一棵老树，树上一定还飘挂着他旧日凝望的目光。我往小区里面走，偌大的院落却全无一丝一毫往昔的梦痕。噫乎，曾日月之几何，而江山不可复识矣。

蓦然间，我却看到了一个葡萄藤架，坠满了珠圆玉润的葡萄，这可是王原祁的庭院三百年前熟悉的景物啊，也是偌大的畅春园于今唯一的岁月旧影，真如昨夜星辰，万世浮沉。葡萄藤架下，还挂落着王原祁的诗句。

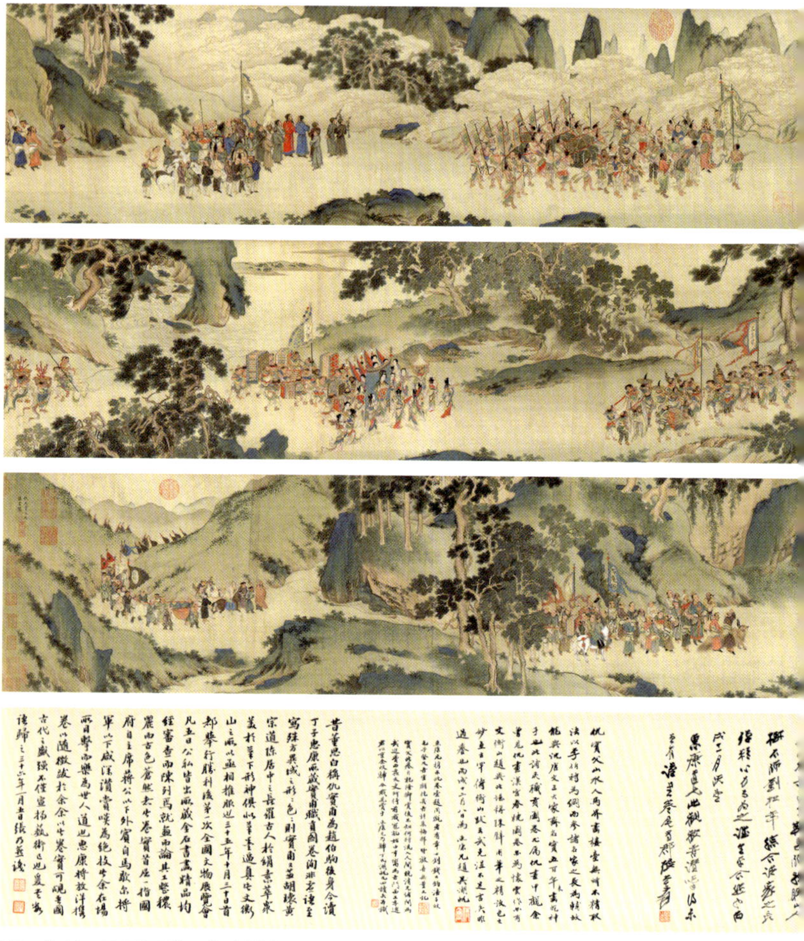

明　仇英　职贡图卷　故宫博物院

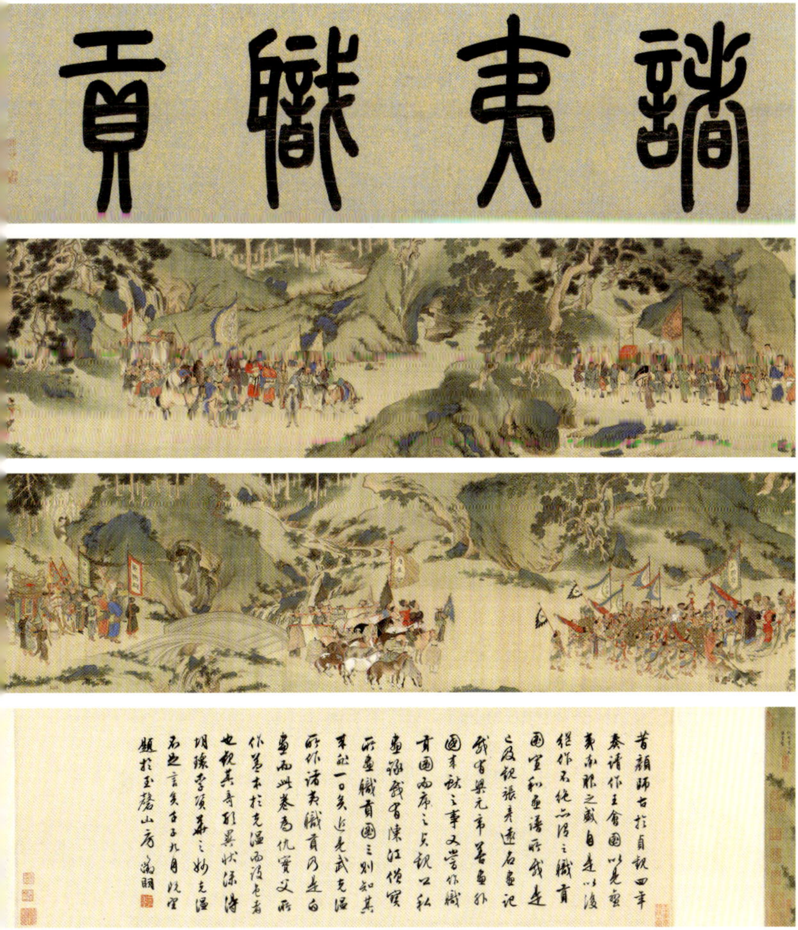
諸夷職貢

我向院外走去，畅春园的草木在我的眼前扶摇。我努力辨识着记忆中的影像，莫非我前世的灵羽也曾飘临于此？我不知，我是因为畅春园而去寻找王原祁，还是因为王原祁而去寻找畅春园？

我环顾四方，踟蹰独行，虽然眼前遍是街道，楼宇，车辆，行人，但是已尽消隐在霭霭空色中，只有无有，空有空无。惟有我脑海中的畅春园，和光同尘，园色依旧，日穷寥廓，澄波远岫。

也许，今天，我也是畅春园里的一个守望人，那么，我又为何守望？畅春园早已不复存在了，孤寂的山门不过是露出海平面的桅杆，时间的海平面上升了，历史沉没了。而我，只是一个姗姗来迟的访客，抚昔追古，望洋兴叹。

这么些年，我一直在探究王原祁，观赏王原祁，他临仿了那么多的历代名迹，联缀而成了一部完整的中国画史，煌煌赫赫，灼灼其华。他归溯历史又延续历史，重绘历史又守望历史，终于，深秋，深秋，我追循着他的步履，走进了畅春园。

置身于飘浮在空中的畅春园，烟霏云敛，天高日晶，我又与王原祁的一首题画诗不期而遇：

芳草芊芊水面齐，竹凉荷净小桥西。
溪边路折云深处，石磴高盘殿角低。

十八

我初识王原祁，缘于小时候家里的门厅悬挂的一幅王原祁山水。那时不懂得要观画款，只去看疏林坡岸，山石草木。还记得父亲曾指着画上的苔点对我说，你看他的画笔多么有劲！当时不解，但是王原祁点苔的笔墨却是深深记住了。长大以后才知父亲所言不虚，王原祁的笔端原来是金刚杵，如他自己之所言。

所以，从此以后乃至今日，每逢我再去观赏古画时，总要细品斑斑苔点，竟然发现，在这些精微之处的功力，前无古人，后无来者，似乎再没有人能够超过王原祁了。

我亦好古，也试着文字仿古，落笔竟若王原祁之点苔，深浅叠合，支离疏密，又好用古语，遍引旧典，据事类义，援古证今，然终不及王原祁之画图仿古，食古而化，大化古今。

王原祁仿古，初恨不似古人，后又不敢似古人；不似古人则不是古，太似古人则不是王原祁。所以，王原祁集画史大成，布墨神逸，清虚栖心，仿古仿到最后，却终竟还是他自己。

前几日，我陪北京天贵仁顺拍卖公司的马总去看望九十多岁高龄的父亲。父亲一生近古，尤嗜古董书画。说起王原祁，父亲缓缓而言：王原祁是整个清代影响最大的画家，在其身后的两百年间，他的仿古画风却蜕变而成了一种僵化的正统，泥古不化，抱残守缺，与王原祁原本的仿古精神相去甚远。

对呀,鉴古观今,怀古惜今,王原祁其实是一个今古的守望人。

父亲又说，东施效颦，是否错在西施呢?

言罢,父亲转身取出一幅王原祁山水手卷。我诧异地问父亲:我怎么没见过?父亲说这是他早年收的，一直压在箱底，他也很多年没有找见了，不久前偶然才翻了出来。

展开手卷，静观三米长幅，浅水遥岑，松蹬逶迤，细雨沾苔，翠竹龙吟。我照例盯着苔点细看，简直与我小时候熟悉的苔点一模一样，竟似出自一笔，让我好像一下子就退回到了几十年前，归返懵懂少年。

又观画跋，王原祁在上题有一首五言绝句：

山色向南去，溪声自北来。幽居可招隐，落叶点青苔。

落款是：

康熙戊子之秋，仿倪黄笔意，写于海淀寓直。

海淀寓直……原来，此卷居然也是畅春园之物，画于1708

年的秋日。画是好画，诗是好诗，款又是好款，这令我大为惊喜，又心生怪怨，为何早也不见！

我忽见卷幅的幽隐处还描画一仙逸的高士，缟衣素袂，沉吟无语，凭栏畅襟，集虚观静，真若似一个画外的守望人，却终不过是一个守望的画中人，于是，便让我窥到了画里画外的守望。

若我猜想，那一定是畅春园里的守望人之观照。

王原祁在畅春园里守望：

上摩清颢，
下瞰澄波，
霞绡孤映，
明月独举，
居庙堂之高，
处江湖之远，
既文既博，
亦玄亦史，
青松落荫，
白云谁侣？
秋山谁侣？秋水谁侣？秋风谁侣？秋草谁侣？

忽而，从云间降下一只飞鸟，依光觐日……几声翠羽……环回守望……独寻幽侣……口衔陶渊明的两枚诗草，落在了王原祁的寂寂庭宇。

霭霭停云，蒙蒙时雨。翩翩飞鸟，息我庭柯。

（20201118，蒙蒙时雨，文稿初成；
20201119，翩翩飞鸟，文稿终成）

明　仇英　采芝图　中国美术馆

梁园的六月雪

谨以此文纪念

《梁园飞雪图》三百年

一

2020年，庚子年。六月十二日，正值初夏，我写完了两万字长文《庚子年的夏天》，纪念孙承泽写作《庚子销夏记》三百六十年，也纪念我们这个极不寻常而又难忘的庚子年。

子夜时分，睡梦未成，茅檐人静，花影阑干，却隐隐听见远处传来黄庭坚的一声叹息：“诗有渊明语，歌无子夜声”。我环顾

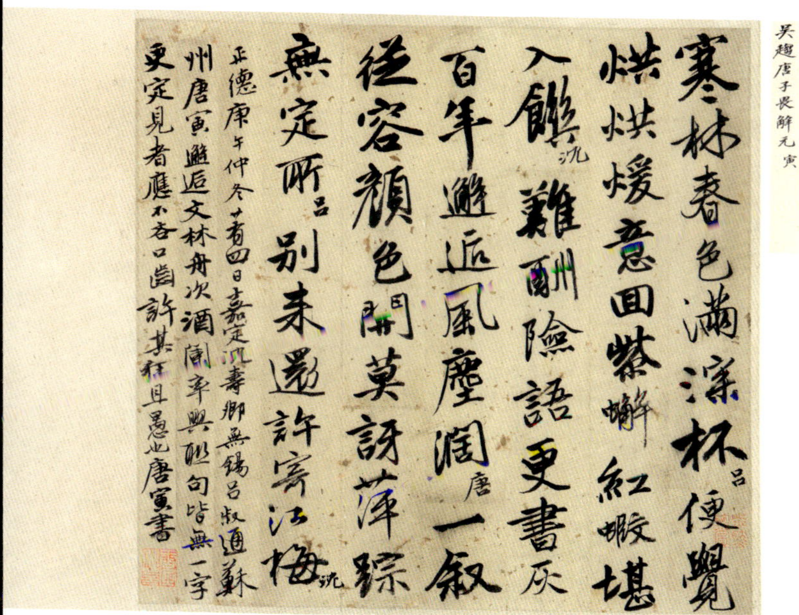

明　唐寅　行书联句诗页　故宫博物院

窗外，未有人迹，草木扶疏，水榭吟风，便起身披衣，翻阅书架上的图册画卷。

先观一幅袁耀的《阿房宫图》（台北故宫博物院藏），落款是“庚子阳月”。居然也是庚子年，却是1720年，晚于孙承泽的《庚子销夏记》又一个庚子，距今已经整整三百年了。阳月即旧历十月。曹操有诗《冬十月》:“孟冬十月，北风徘徊。”

再观一幅,便是袁江的《梁园飞雪图》(北京故宫博物院藏),落款是“庚子徂暑”,原来还是这个庚子之年。徂暑,即旧历六月,已是盛暑之始了。诗经里说:“四月维夏，六月徂暑。”徂，犹始也，四月立夏，而六月乃始盛暑。

故而,袁江画《梁园飞雪图》之时,便又是一个庚子年的夏天。

袁江在盛暑六月的梁园挥洒飞雪，堆银砌玉，乾隆时期的性灵诗人袁枚却在六月解衣盘礴，独抱花眠：

不著衣冠近半年，水云深处抱花眠。

平生自想无官乐，第一骄人六月天。

夏山烟晚，月白风清，如此良夜何！而我，在骄人六月的一个庚子之夜，不经意间，居然接连观到两幅三百年前的庚子画图，便颇感诧异，想来真如清代画家高其佩在题画诗中所言：

只道是人寻画理，原来却是画寻人。

徒倚轩窗，却又不免心生感慨，想着三百年的古今，不过是一瞬耳；庚子年的轮回，分明在一念间。

又想起了诗人曹操：

月明星稀，乌鹊南飞。绕树三匝，何枝可依？

曹操之问，已是一千八百年……

玉漏迢迢，冷月无声，伤今怀古，乌鹊旧梦。

平沙无垠，敻不见人，枉凝泪眼、泣尽西风。

在这个庚子年的夏天，六月的夜晚坠粉飘香。光影插上了翅膀，无所不在，无处遁形，我的目光，便闯荡在天地间的光影里，终于化作了一只时间之鸟……

望久碧云晚，一雁度寒空。

二

袁江与袁耀，有传说是叔侄，也有传说是父子，还有传说是兄弟。总之是传述杂乱，行状模糊，只知他们是江都人氏，其画署款多为邗上。邗字古意为水边的古邑，邗上即江都，为扬州代称。

古时扬州便是繁华胜地，三分明月，十里红楼。清代诗人王士禛写过一首《浣溪沙》，柔情绰态，逸兴悠然。兹录上阙：

北郭清溪一带流，红桥风物眼中秋，绿杨城郭是扬州。

扬州八怪之一的黄慎更是对扬州月、扬州梅和扬州雪情有独享：

只今重对扬州月，笑索梅花带雪餐。

唐代诗人张祜早就说过，人生只合扬州老。过去有一个故事，讲某人发愿，想腰缠十万贯，骑鹤上扬州。苏轼写诗问道：

世间哪有扬州鹤？

只知有扬州月，谁知有扬州鹤？但扬州确实多美女，多诗人，多画家。光绪年间，汪鋆编成《扬州画苑录》，便辑录了清初以来的扬州画家五百五十八人。

不过，二袁虽为扬州人，却如飞鹤一般，只在天外仙游。因而，他们的画迹，如同他们的行踪，天生便是鹤排云上，永夜孤影。

其实，许多文人画家都有野鹤情结，又多以孤鹤自喻。我读清初画家恽寿平，他山窗夜坐，邀约好友王翚不至，便写下一诗：

岑然夜窗虚，青灯伴孤鹤。彼美期不来，金尊与谁酌。

他又在八月间给友人罗牧的一首送别诗中写道：

长天孤鹤又西飞，八月新凉到客衣。

袁江早年画有赖爽风清亭，亭柱悬挂一联，上面的文字历历落落，想必写的也是他自己的心绪：

每看孤云招野鹤，频携樽酒封名花。

令人称奇的是，袁江袁耀二人，既为野鹤，却同为清代界画大家，又素以绘制楼宇仙阁著称，笔墨相仿，几不可辨。他们绘写的宫苑琼林，风雨江干，竟如画笔下的楚辞汉赋，六朝骈文，都是传灯一宗，益臻神化。

其中，又以袁江的《梁园飞雪图》挹取其盛，尽现界画的至臻之美。

此处，或可拈来唐代诗人岑参的吟鹤名句聊以补白：

池中几度雁新来，洲上千年鹤应在。

三

界画，古人以界尺引线而构图，通常绘写宫室亭台或舟楫屋木，与文人画的水墨彩绘相比，画笔更加精细，墨色更加精微，图画更加精致，神气更加精爽。读清人徐沁《明画录》，见有这样的叙述：

画宫室者，胸中先有一卷《木经》，始堪落笔。昔人谓屋木折算无亏，笔墨均壮深远空，一点一画，均有规矩准绳，非若他画可以草率意会也。

岁月遥水，再把史书往前翻过，原来，宋人刘道醇在《圣朝名画评》中也早已著言：

画之为屋木，犹书之有篆籀。盖一定之体，必在端谨详备，然后为最。

文人画讲究笔墨之灵，莫若川原浑厚，烟雨灭没，水定月湛，泉石幽深；而界画则须精笔细绘，无非层楼画阁，行宫御苑，翘檐拱角，华榱藻棁。

界画与文人画相比，更有设计感和仪式感，更多法度和规矩，端庄典雅，富丽华贵，自是汉唐古典精神之辉映，亦是宫廷贵族文化之观照。

界画始自晋代，隋初的董伯仁便画有《周明帝畋游图》《三顾茅庐图》，楼台人物，旷绝古今，杂画巧瞻，变化万殊；他的好友展子虔同样擅长界画，天生纵任，触物留情，备皆妙绝，尤垂生阁。

唐代，则有唐朝宫室李思训、李昭道父子为界画名家，人称大小李将军。李思训笔格遒劲，理深思远，《唐朝名画录》评为“国朝山水画第一”，代表作是《江帆楼阁图》；李昭道的代表作则是《明皇幸蜀图》，明人顾起元说其山水树木桥构工妙无比。

逶迤带绿水，迢递起朱楼。

其后，又有五代的卫贤，北宋的郭忠恕、赵令穰，南宋的赵伯驹、刘松年，元代的王振鹏，明代的仇英，直至清代的二袁，都是界画名手，千古一辙。

元代的大画家柯九思，诗、书、画三绝。虽未见他操持界尺，却知他独赏界画，曾为号称元代界画第一人的王振鹏题诗。你看，画家的题诗，题界画的诗，驰目骋怀，果真不同：

满地山河如绣，迥岩楼阁凌风。

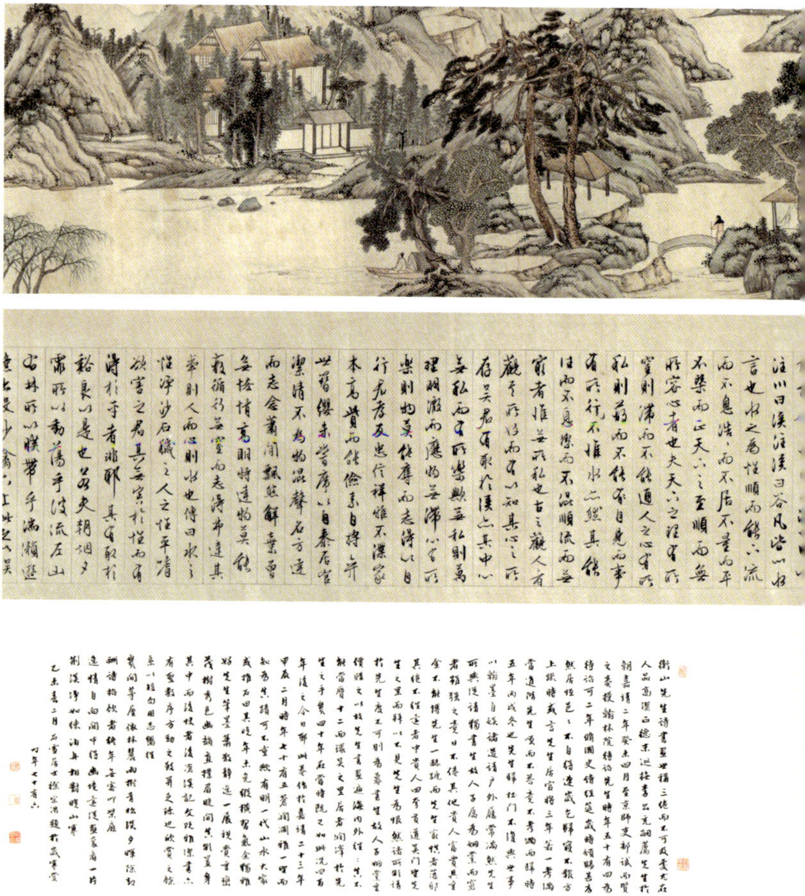

明　文徵明　沧溪图卷　故宫博物院

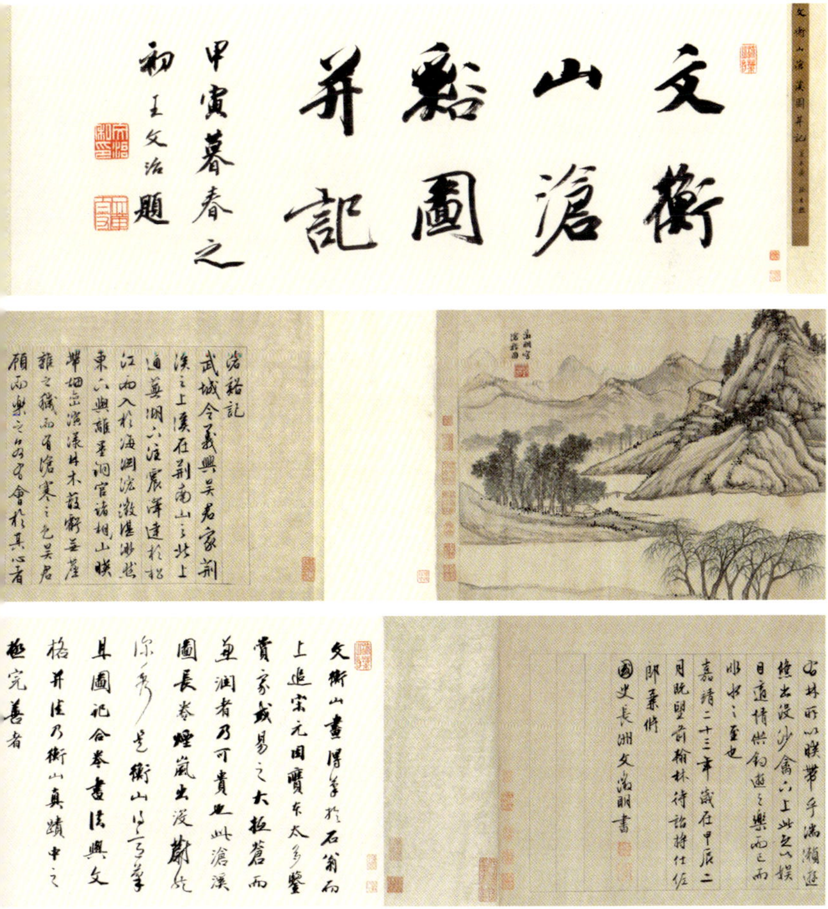
文衡山滄谿圖并記
甲寅暮春之初王文治題

几度春花秋雨，不知秦苑吴宫。

但是，我却从未见过，有哪一个大画家，为二袁的界画题诗。二袁其生也晚，生不逢时；其命也哀，花残月缺。

二袁之后，黯兮惨悴，岁月飘零。从此，界画抱明月而长终，《梁园飞雪图》托遗响于悲风。再回首，烟笼寒水，孤鸿落照，暮云渐杳，雪残鳷鹊。

徐泌又这样写道：

近人喜尚玄笔，目界画者鄙为匠气，此派日就澌灭矣。

四

袁江，字文涛，大约生于1662年，卒年说法不一；袁耀，字昭道，生卒年均为不详。二人的画风极为相近，形迹也同样过于神秘，便似一泓流泉，清澈甘冽却又来去无踪。这恰好诠释了释道宁的一句宋诗：

鸟啼处处皆相似，花落不闻流水声。

我倒觉得，袁江就是一个形而上学之形，在天成象，在地成形；而袁耀呢，可说是一个随形之影，却是袁江拉长了的一个光影，天授地设，互映生辉。

画史上确有那么一些遗世独立的超级画师，生平事迹均为人所不知，如明代青绿山水大家仇英，在世间竟如隐身一般。不似同为明四家的唐寅，故事实在丰富，可以铺陈开来许许多多好看的桥段。

这些天赋凛然的画师，或因出身低微，或因不擅诗文，便被视作匠人，下文人一等，游离在文人圈的边缘，以致除了姓名，没有人会去关注他们的平生，因而，他们仅仅只是画史上的“有名氏”。

他们的行迹真如空中鸟迹，倏忽隐现；又如江上明月，杳不可及。忽而想起我收藏的一枚闲章，所镌印文竟有此意趣：

漫扫白云看鸟迹，闲锄明月种梅花。

相对无名氏而言，有名氏已然算是很幸运了。且看那些数不胜数的无名氏吧，书画也罢，诗歌也罢，历史上有多少风云际会，留得下一个个传世佳作，却留不下作者的声名万古香！

是啊，那些啸咏烟霞的无名氏，往往是首尾不辨的大神。这些大神，以萧散高迈之气见于毫素，勾拂点染，妙手丹青，善写山水，芙蕖万朵，本来有名有姓，却不贪恋浮名，偏偏要把自己的姓名隐去，只留清气满乾坤。

关于无名款画，画史上说法不一。明人沈颢在《画麈》中作了如此解读：

> 元以前多不用款，款或隐于石隙，恐书不精，有伤画局。后来书绘并工，附丽成观。

明人屠隆《画笺》，却又作如是说：

> 古画无名款者，皆画院进呈卷轴，皆有名大家，乃御府画也。

也许，无名款者并不尽是御府画。但起码，无名未必鼠辈，无名氏往往是英雄之辈。历史本是集于一卷的大书，而作者则多为无名氏。研究者的天职，是要探知这些无名氏，追寻历史的奥秘。

且不说这些无名氏吧，只说有名氏仇英，还有袁江与袁耀。其实，真的不用记住他们的平生，只需记住他们的名字。他们本来就是属于仙界，他们飘游在星空俯瞰我们栖居的世间。只是，我们的世间，他们也曾来过，而且，留下了神仙的画图。

这其中，便有袁耀的《阿房宫图》，还有，还有，袁江的《梁园飞雪图》。

五

阿房宫，素有天下第一宫之美称，却毁于项羽的一把大火，最终落为秦王朝的记忆之殇。这个记忆，写成文赋，莫过于唐代大诗人杜牧的《阿房宫赋》：六王毕，四海一；蜀山兀，阿房出……描为画图，便可见袁耀画于庚子之年的《阿房宫图》：五步一楼，十步一阁，廊腰缦回，檐牙高啄……

咏为诗句，惟有清代诗人丁尧臣的《咏阿房宫》，细细匀愁，味外有味：

百里骊山一炬焦，劫灰何处认前朝。

诗书焚后今犹在，到底阿房不耐烧。

如此隔离天日的阿房宫，袁耀画了，袁江又怎能没有画过？不知花落何夕，袁江确实也曾精笔画过阿房宫图，而且是由十二图联缀而成的巨幅通景大屏，这可能是袁江的第一大幅了。

然而，如此之最，却是无款，仅钤“袁江之印”“文涛”二印，故而不知绘于何岁何年，仅有清末民初的书画名家宋伯鲁录杜牧《阿房宫赋》全文并题识。

但是，当我拿二袁的两幅《阿房宫图》进行比对，却有发现，袁耀的《阿房宫图》,原来是摹写了袁江的《阿房宫图》之一局部。据此可知，袁江画《阿房宫图》在先，其后才有了袁耀的庚子之作《阿房宫图》。

确实，袁江的一些画作并无画跋，而且，我也从未见过他在画幅上题录自己的诗款。我曾查考李濬之编《清画家诗史》，此书辑录了清代二千画家的画款题诗。只是，这二千画家中，既无袁江，也无袁耀。或因，二袁从来不写诗；正如，刘项原来不读书。历史人物，未必都是诗书满腹。

但是，这并不是说二袁就不读诗。其实，袁江不仅读诗，而且善读诗，是读诗的雅士。他的画款，也常见他题录的古诗。

我曾在《雪景楼阁图》上，看到袁江题录的一行无名氏的诗句，不过，诗笔下的雪景，颇似晚秋之情状：

万木尽如花落后，四檐鸣似雨来时。

袁江还有一幅《雪山楼阁图》,题有一句宋人孔平仲的无名诗，以雪覆龙，或为雪龙；以雪映月，即是雪月：

斜拖阙角龙千尺，澹抹墙腰月半棱。

袁江更有一幅《雪景山水图》，题录了唐代诗人郑谷的《雪中偶题》，渲染了僧舍飘雪、渔人晚归的雪景诗境：

细飘僧舍茶烟湿，密洒歌楼酒力微。
江上晚来堪入画，渔人披得一蓑归。

我还见袁江在《山水图》的画款上，引录了李商隐的一句诗，把雪喻为田中白玉，树上银花：

有田皆种玉，无树不开花。

我有些诧异，虽然未见袁江写诗，但是他题录的古诗却都是相当的冷僻，诗有奇思，孤踪独响。可见他酷爱诗史，读诗又是独有绝门。李杜诗歌万口传，至今已觉不新鲜，所以他既读无名诗，又读无名氏。

或许凑巧，袁江题录古诗的这四幅画图，居然全是他的雪图名作。又可见袁江对于山水雪图，情有独钟，敻然自得。

六

袁江不仅是界画大师，更是雪图大家。除了上述四幅雪景山水，袁江还有《峨眉雪霁图》《江天暮雪图》《风雪归人图》《雪霁行旅图》，傅色古艳，笔墨超轶，综览古今，传经久远。

自不必说，袁江最惊艳的雪景界画，便是300年前，庚子年的夏天，那一幅《梁园飞雪图》。

说也奇怪，他的影子袁耀却只勉强画过两幅半的雪景，其中的一幅，还是仿袁江的雪图，连画款都是仿写的："拟有田皆种玉，无处不开花意"；另一幅《平岗艳雪图》，雪铺平岗，风韵凄朗，却不见袁氏标志性的宫殿苑囿。那半幅呢，名《雪蕉双鹤图》，画的是雪打芭蕉，双鹤傲娇，却一无霜天，二无山水，三无宫室之丽，我不敢识。

且看袁江一生，云水自在，溪出深虚，画了那么多楼台山水的大景观，既有《阿房宫图》《汉宫秋月图》《仙山楼阁图》《天香书屋图》，又有《槛外长江图》《海屋沾筹图》《蓬莱仙岛图》《关山夜月图》。仅仅只是这些画名，眼前便已然山蔚云起、岚色郁苍……

袁耀的一生，也是丹青流布，浏览不尽，奇姿崒嵂，出而不穷：阿房宫、汉宫、九成宫、蓬莱、桃源、蜀栈、巫峡、浔阳、邗江，都渐次化为袁耀的笔墨山水，迤逦层叠，绚烂之极。

晚明画家沈颢早已有言：“层峦叠翠，如歌行长篇；远山疏麓，如五七言绝。”二袁的这些大美山水图，堪称画史上的煌煌巨作；而倘若以赋为图，那便是文学史上的宏大叙事了，——《梁园飞雪图》即可化作《梁园飞雪赋》。

袁耀笔下的时节多为晓暮春秋，画题尽是春晓、春居、春畴、烟雨，秋月、秋涛、秋景、秋稔，只是不知，袁耀为何不擅雪景，少有雪图。

画史上既有人喜画雪景，便也有人不喜画雪景，明代大画家董其昌似乎是后者，他曾言：我素来不画雪景，只画冬景。明人唐志契便问：不知无雪的冬景与秋景有何不同？难道是“干冬景”吗？

倘若如此，那是因为，董其昌没有读过宋代诗人卢梅坡的《雪梅》：

有梅无雪不精神，有雪无诗俗了人。
日暮诗成天又雪，与梅并作十分春。

其实，董其昌也并非如他自己所言，我便见过他仿宋人的雪景山水册页，而且漫仿其意，不装巧趣，最为奇古，莫可名状。像他这样天赋极高而又入禅的大牌画家，又怎么可能不画雪景

明　仇英　煮茶论画图轴　吉林省博物院

呢？他的《画禅室随笔》里，便写有四字：

瑞雪满山。

有一个佛语故事：有人问禅师，什么是大智慧？禅师也答有四字：

雪落茫茫。

袁耀的山水美图，本不输于袁江，但就是画不出袁江的物态严凝，飞雪飘零，只是天寒木落，蓬断草枯，蛮烟荒雨，风悲日曛，便与袁江相差咫尺，似乎是：

雪意未成云着地，秋声不断雁连天。

却只见，袁江在雪国里徜徉，拈持区区一把界尺，描画出了梁园飞雪的那一片绝世风景。上下三百年，要说山水界画，便有二袁双雄，可谓无独有偶；但若论雪景界画，却只有袁江一人……

孤舟蓑笠翁，独钓寒江雪。

七

我曾观过仇英临宋元六景图的最后一图，但却是仇英唯一的寒江雪照，此外，我再也找不到仇英的雪图了。而且，这还是一小幅，不过，在窄小的尺幅上，雪舟，雪岸，雪屋，雪竹，却更加清润新妍，妙绝时人。

我看袁江的画，总能想起仇英。确实，袁江源于仇英。风起萍末，浪起微澜，早年时，袁江便初学仇英；泉流洒落，野径迂回，在袁江一生的画作中，直至他画梁园的最后一笔，处处都能欣赏到仇英的风雅曼丽，时时都能感受到仇英的仙逸气息。

明清之际，仇英是青绿山水间兀然独立的最高峰。而在他的身后，平林漠漠烟如织，寒山一带伤心碧，惟见袁江能学仇英的青绿山水，思慕前贤，伊人宛在，相看临远水，独自坐孤舟。

不过，清代还有一个画家顾昉也偶仿仇英。顾昉笔无纤尘，墨具五色，深入古人之室，清初四王之一的王翚便对他极为称道。他仿仇英的画我未见过，但他在画上的题诗我却在书中查到了，随笔录下，可心里念想的却还是袁江仿仇英：

千山罨画拥飞楼，山自苍苍水漫流。

青鸟乱啼花细细，石梁南畔是瀛洲。

我观袁江，如观仇英。在梁园，你看那山，你看那云，你看那树，你看那楼台，就连空气，都是仇英的优雅和缱绻。

1683年，袁江曾画过一幅《海屋沾筹图》，山峦突兀，烟漫云流，跳波走浪，奔水激集，画眼是一只空中翻飞的瑞鸟，横斜逸出，仙气袭人。观此画图，着色苍古，却最能窥见仇英的神韵和仙灵。

《汉宫春晓图》是仇英的旷世之作，大约创作于1540年，如是，那也恰是一个庚子年。袁江一定是受了仇英的影响，也画汉宫，却没见他画汉宫春晓，只见到他画汉宫秋月，有一幅名作《汉宫秋月图》。

仇英画春晓，袁江画秋月，而熙熙攘攘的诗人们偏偏还要去写秋晓，写春月。

北宋诗僧释道全是这样写秋晓的：

飘飘枫叶草萋萋，云压天边雁阵低。
何处水村人起早？橹声摇月过桥西。

苏东坡又是这样写春月的：

春宵一刻值千金，花有清香月有阴。

歌管楼台声细细，秋千院落夜沉沉。

不知释道全的水村是何处？也不知苏东坡的秋千院落在哪里？汉宫既非草萋萋的水村，又岂是夜沉沉的秋千院落？

此时此刻，只说汉宫。

却记得，秦观笔下的王昭君，阴山路上，目送征鸿，独抱琵琶，望眼汉宫：

行行渐入阴山路，目送征鸿入云去。

独抱琵琶恨更深，汉宫不见空回顾。

不过，绝代佳人王昭君一定没有去过梁园。没见有谁写她，梁园不见空回顾。

八

仇英的《汉宫春晓图》原是宫苑百美图，写尽了宫女美态，灼如晨花，秀若芳草；而袁江的《汉宫秋月图》，只描宫苑，只染风月，偌大的苑囿里，你居然找不到一个宫女。

宫女如花满春殿，只今惟有鹧鸪飞。

袁江也偶画人物，却只可远观，不像他画宫室，景物繁复，纤微呈露。在他的笔下，寸马豆人，皆为草木。他从来没有画过美人大图，他画的只是云出岩间和皓色楼阁。些许官人，只是描缀，尽如点苔，清清浅浅。

于是，我便有了一丝最初的疑惑，袁江如何摹画仇英的汉宫？

郢人逝矣，谁与尽言？

直至一日，当我观到仇英的《汉宫秋月图》，才疑窦顿开，我才知，仇英也画汉宫秋月。仇英画汉宫是左右手，左手是《汉宫春晓图》，右手是《汉宫秋月图》。同是汉宫图，一幅是春山烟晓，一幅是秋宫晚照；一幅是美人百媚，一幅是楼台淹润。

月出皎兮，君子之光。

原来，先有仇英的汉宫之冰轮桂满，后有袁江的汉宫之秋晚烟岚。袁江的墨彩一如仇英，明净，纯粹，仙丽，安宁，生如夏花，笔墨奇香，神品幻出，悉臻其妙，自有一片冰心，又别具一份诗情。

残星几点，长笛一声。我观袁江的《汉宫秋月图》，忽而想到了唐代诗人赵嘏的诗句：

云物凄凉拂曙流，汉家宫阙动高秋。
残星几点雁横塞，长笛一声人倚楼。

我上看云天，下看烟水，看懂了一半云天，便看懂了一半烟水；我左看仇英，右看袁江，看懂了一半仇英，便看懂了一半袁江。

我又想，既然仇英画不了雪山飞狐，总可以画画汉宫夏蝉吧？不过，我只观过他的一幅《竹梧消夏图》，夏山林馆，雨罢云归，孤闲清古，淡沱似春。这幅消夏图尺幅不大，年代不详，应该是他的仙笔偶作。

因而，我总是有些许遗憾。仇英心在汉宫，但他绘写夏宫和冬宫的美图却终是阙如。也许，他最该去画一幅《汉宫飞雪图》，倘若如此，便直可拿来袁江的《梁园飞雪图》以做比对了。

吹落清香缥缈风，此时又响起了赵嘏的笛音：

谁家吹笛画楼中，断续声随断续风。

响遏行云横碧落，清和冷月到帘栊。

我喜欢“断续声随断续风”这一句，极像是我的意识流……我又遥想袁江少年时，从仇英的青绿山水学起，发翠毫金，丝丹缕素，天机神发，从古如斯，渐渐就浸染了仇英的天仙之灵。

当袁江步入中年，壮心落落，英华秀发，画了《画舫冲烟图》，再画了《春雷起蛰图》，还画了《独坐看山图》，又学着仇英的《竹梧消夏图》，画了《桐荫消夏图》。终于，路去几程天欲近，梁园疑梦还非。

他神遇了两个宋代的画师。

九

第一个画师是郭忠恕。郭忠恕是北宋的界画大师，北宋大梁的画学家刘道醇评郭忠恕为当时第一，可列神品。明代大家文徵明也对郭忠恕最为推崇：

独郭忠恕以俊伟奇特之气，辅以博闻强学之资，游规矩准绳中而不为所窘，论者以为古今绝艺。

郭忠恕有一幅著名的《雪霁江行图》，大雪初霁，风帆溯流，两只覆盖着白雪的木船在江面上航行……此图此景，似是从一大幅上裁割下来的一部分。那么，原先的大幅又当如何呢？不免令人遐思。

画幅上并无名款，因而本也是无名氏所作，只是因为宋徽宗指为郭忠恕真迹，并御题："雪霁江行图，郭忠恕真迹"，从此该图便以《雪霁江行图》为名流传于世，直至后来入藏清宫。

乾隆御览后，自然要在上面题诗一首：

大幅何年被割裂，竿绳到岸没人牵。

江行应识当雪霁，剩有瘦金十字全。

在早先的雍正年间，据说袁江曾被召入宫廷，封为画院祗候，或许在宫里也观过《雪霁江行图》。也有人说他从未入过宫中，谁知道呢。旧事如烟，随风散落，无论如何，袁江自有他的画缘。

清代乾嘉时人沈宗骞称，郭忠恕另有一幅《仙山楼阁图》可谓古今界画之极。我极想一睹真容，却不知这幅界画至今隐于何方。不过，沈宗骞晚于袁江七十余年，其时此图尚在世间流传，所以，若说袁江当年曾观临此图，也是极有可能。

明　仇英　临萧照瑞应图卷　故宫博物院

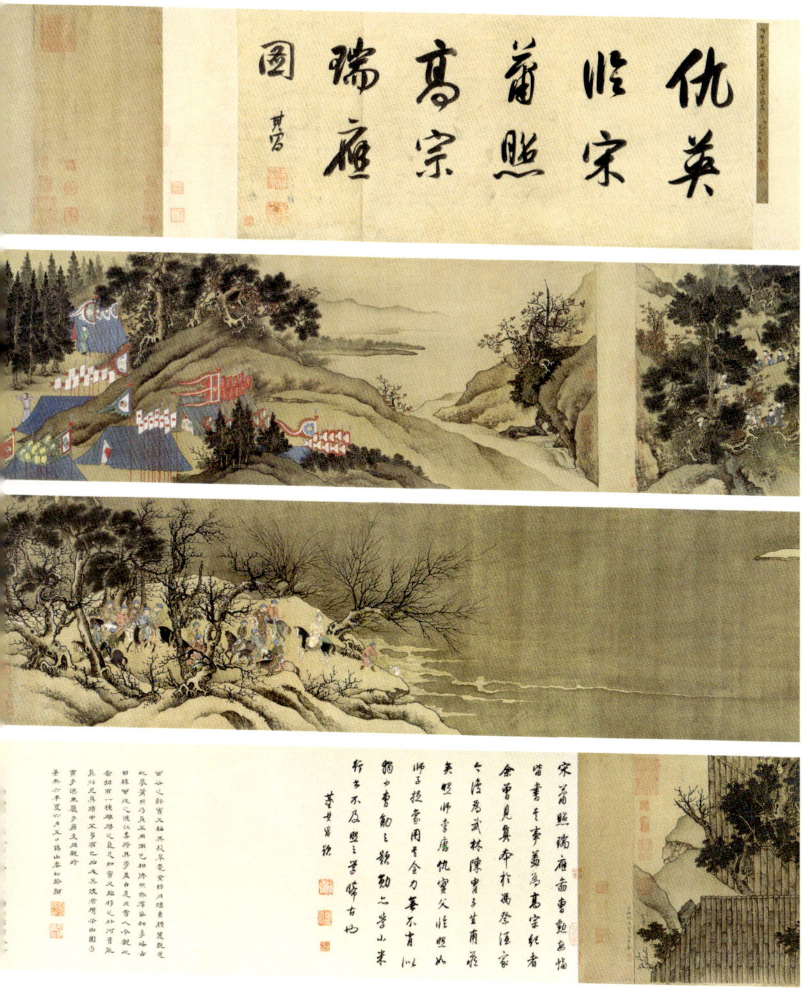
仇英临宋萧照高宗瑞应图

此外，据明末画家陈继儒《妮古录》记载，郭忠恕还画有一幅《越王宫殿图》，画的是钱镠越王宫，曾为董其昌所藏。这幅画，或许袁江也曾拜观，惆怅怀贤，挹取遗芬。

然而，早在康熙年间，不论是何机缘，袁江肯定见过郭忠恕的另一幅更为著名的画作《明皇避暑宫图》。1702 年，康熙四十一年，袁江以唐明皇在骊山避暑游乐故事为题，观郭忠恕的《明皇避暑宫图》有感，双眸炯秀，妙在心传，画下了《骊山避暑图》。

《明皇避暑宫图》引笔天放，设色古雅，墨香横壁，阐发幽奥，清代大师恽寿平竟说郭忠恕的一抹山色，就胜却了唐代画家李昭道的无数纤微笔墨：

远山数峰，胜小李将军寸马豆人千万。

袁江师承郭忠恕，学习界尺线描，由此步入界画的殿堂，篆籀画屋，上折下算，一斜百随，咸中尺度……又见重楼复阁，层见叠出，向背分明，不失绳墨。不错，郭忠恕的《明皇避暑宫图》，正是袁江学习宋画的第一摹本。

当画家极尽细绘雕阁香围，诗人却在悼古伤今，哀吟唐明皇失却爱侣的凄凄悲情。此处，且读白居易的《长恨歌》：

归来池苑皆依旧，太液芙蓉未央柳，
芙蓉如面柳如眉，对此如何不泪垂。

或可假想，如果袁江读到此诗，他的《骊山避暑图》是否也会抹上几缕淡淡的愁云？也许，他会在画款上题录《长恨歌》中的又一行诗句，如此，那才是诗画的天作之合：

行宫见月伤心色，夜雨闻铃肠断声。

当然，如果是在《梁园飞雪图》上题写画款，袁江就要另择佳句了。

十

袁江神遇的第二个宋代画师是赵伯驹。赵伯驹，字千里，宋太祖赵匡胤七世孙，南宋宫廷画家，意趣高古，今古无及，曾为集英殿画山水通景屏风，也曾画绢本小幅《明皇幸蜀图》，秀雅超群，着色甚妙。

他的祖父是大名鼎鼎的赵令穰，字大年，赵匡胤五世孙，北宋宫廷画家，偶画雪景，师法王维。明代三大画家评说：莫是龙说他的画秀润天成，真宋之士大夫画；董其昌说他的画平淡天真，超轶逸尘；恽向说他的画往往逸气，每每侵入骨肌，秀则带嫩，平远则带浅近。

赵令穰最早画了《汉宫图》,赵伯驹最重要的画作恰恰也是《汉宫图》。赵伯驹的《汉宫图》本无名款，却有董其昌题跋“赵千里学李昭道宫殿，足称神品”，故定为赵伯驹作。原来，在仇英之前一千多年，赵氏祖孙便早已画了汉宫图，可谓山外有山，天外有天，又见山峦迭起，更能饶秀。

赏鉴大雅，袁江描画汉宫，不仅仅是学习仇英，更是双倍地师法赵宋宗室。行笔有本，观其汉宫笔法，继仇英之后，袁江更是直接系出赵伯驹。赵伯驹的《汉宫图》,甚至掩过了赵令穰的《汉宫图》，成为袁江学习宋画的第二摹本。

袁江初学仇英，画汉宫图；后学赵伯驹，再画汉宫图。两幅汉宫图，竟然萦绕了袁江的半生烟云。

当烟云散去，袁江远远望去，日起于东，有一处如梦如幻的皇家园林，台榭凌虚，飞阁流丹，山脚长坡，明潭萦回……

那就是梁园。

梁园在东，汉宫在西。汉宫，原指西汉长安的长乐宫和未央宫，唐代诗人杜甫诗云：“日月低秦树，乾坤绕汉宫”，优美的诗句迎风带露，令人低回。只是，汉宫也早已继阿房宫之后，消逝在岁月的尘靡里。

然而，在历史的意象中，汉宫久已不只是一座繁华盛世的皇家宫殿，遮辇迎銮，钟鼓迭喧；而是四百年汉代历史上，一个永久的精神遗存，清风明月，俱寄情思。

亦如袁江之梁园情结，身为赵宋皇族，赵令穰与赵伯驹也有着浓厚的汉宫情结。越古千年，汉宫早已成为汉代历史的一个符图。从汉宫一词便又衍生出许多文化词语，例如，北宋的长调词牌《汉宫春》，马致远的元代杂剧《汉宫秋》。

1203 年，南宋词人辛弃疾登临绍兴府的秋风亭，不由想起汉武帝的《秋风辞》，遂写下一首《汉宫春》，句意深长，尤为千古杰作：

亭上秋风，记去年袅袅，曾到吾庐。山河举目虽异，风景非殊。功成者去，觉团扇、便与人疏。吹不断，斜阳依旧，茫茫禹迹都无。

千古茂陵词在，甚风流章句，解拟相如。只今木落江冷，眇眇愁余。故人书报，莫因循、忘却蓴鲈。谁念我，新凉灯火，一编太史公书。

词末一句，尤其令我感怀。每逢夜阑珊，月未央，读无眠，我总会想起这一句《汉宫春》——谁念我，新凉灯火，一编太史公书。

现在，让我的思绪，从汉宫春词，再返回到汉宫画图，望不尽汉宫的林苑亭台，烟岚云树，燕舞花飞，香霏冉冉。

乾隆的御书房，曾藏有宋代佚名所作《汉宫秋》卷，卷前乾隆御题“萧景澄华”四字引首，并题御诗四首。奏请皇上，恭录其一：

满幅寒光秋意多，凉生别殿罢云和。
尹邢相见惊真是，俯泣低头叹若何。

袁江之后，前面提到过的清人沈宗骞也画有一幅佳作《汉宫春晓图》，点染并用，尤为自赏，并在其画学著作《芥舟学画编》中，留下一行名句。拈来于此，可算是对画史诸家《汉宫图》的一个归纳性的美评：

方外清流，但觉烟霞遍体；才华文士，可知廊庙雄姿。

十一

袁江先是师法仇英，后又神交了两个宋代画师。但是，要进一步读懂袁江，却还要追溯另外一人。只是，这个人，无名，无姓，不知何方人氏，然而，就是这个无名氏，临写了一幅古画，但这幅古画的主人，更是不知何许人也。

据说，袁江中年时，曾在一处谁也不知的乌有之乡，观到了这么一幅谁也不识的无名之画。这本是一件平常之事，人所无视，并无渲染，只有清人张庚在《国朝画征录》中略有记载：

中年得无名氏所临古人画稿，遂大进。

云里雾里，万物皆有果报；风中雪中，一切皆是因缘。事情就是简单到了不能再简单，奇幻到了不能再奇幻，袁江偶得了一幅无名氏临仿古代的佚名画，从此画技大进。

虽然，谁也不知这幅画里有何神笔，原画者又是哪位神人，但就是这幅神秘之画，让袁江完成了自己最后的蝶变，一步步地走向庚子年的夏天，让六月的梁园冰凝雪积，粉装玉砌。

此路三千今日始，蓟门回首雪霜时。

清代画家崔华写的这一首题画诗，后一句让我读作“梁园回首雪霜时”。

读袁江的画，你总能读出仇英，也能读出郭忠恕和赵伯驹，甚至你还能读出来赵令穰。但是，在或明或晦的画面里，尚有一些灵虚之笔，清迥自异，无人能懂。

特别是，在《梁园飞雪图》的画底，我似乎总能发现一些若断若续的墨丝，找到一些若隐若现的符记。也许，袁江的心隐，只有找到那个无名氏，还有那个佚名的古人，才能开解。

袁江毕竟青史有名，只是他的青史之名却与那个无名氏有关。不过，既然人们并不关心袁江的生平，又何以会在意一个原本与袁江也说不清交集的无名氏呢？

虽然，这个无名氏早已无从考稽，但我至今依旧耿耿于心，不能自释。

想知道那个无名氏，究竟是谁；

我会一直等他走来，管他是谁。

今夜故人来不来，

教人立尽梧桐影。

至于无名氏所临仿的那个古人，要探知就更加难上加难。我翻阅了许多古代画册，查找了许多文史典籍，自觉或不自觉地推断，有意或无意地臆想，如此情境，竟可入诗：

落叶聚还散，寒鸦栖复惊。片云明月暗，斜日雨边晴。

前两句撷自李白，后两句取自石涛。落叶聚散，片云明暗，这既是一个求索者的写照，合起来，却也是一首绝妙的佚名诗。

诗风袭来，别有心情怎说？我凝视着一株临风老树，屈曲之干，纷披之叶，历乱繁枝，古木垂云。渐渐地，让我如入化境，便有了些许幻想，又在树皮斑驳处，隐约看到一个人的名字，郭熙。

我猜想，那幅画应该是一幅雪图；

我推测，那个佚名的古人是郭熙。

十二

我对于雪图的猜想，是因为，仇英和赵伯驹，都不以雪图名世，郭忠恕也只是偶写船行江雪。而袁江画下诸多雪图，特别是旷世之作《梁园飞雪图》，一定另有渊源和背景，那幅无名氏所摹古人的画作，或许就是袁江雪图的最终摹本。

我对于画者郭熙的推测，则源于郭熙的一幅雪图。

郭熙是北宋的宫廷画师，少从道家，本游方外。他的一些画作，据明人汪珂玉说，于画角有小熙字印；他的另一些画作，与许多宋代的佚名画一样，也常常无款。因而，在山水间，他也曾

十四

第一个人，自然是唐代的诗人画家王维。虽然诗人们把王维奉为诗佛，视王维的诗名盖过画名，但王维在画坛上早已是一个神一般的存在，并在身后九百年被董其昌推为画坛南宗之祖。王维也曾说自己“老来懒赋诗”,“前身应画师”。他有一首著名的诗，诗名就叫《画》，却真正是以诗赋画：

远看山有色，近听水无声。春去花还在，人来鸟不惊。

王维绘写雪景的诗画同样俱佳，我记得他的诗中名句有：

清冬见远山，积雪凝苍翠。

还有：

隔牖风惊竹，开门雪满山。

王维另有一句“关山正飞雪”,要是写作“梁园正飞雪”多好。王维也是中国雪景山水画的开门人，开门便见雪满山，曾画有二十余幅雪景山水，其中有《雪溪图》《雪山图卷》《江山雪霁图》《长江积雪图》和《万峰积雪图》：

《雪溪图》，无名无款，宋徽宗题签，曾于1632年归藏董其昌。现为王维唯一的存世作品。

《雪山图卷》今已无存，明初赵原曾摹《雪山图卷》。

《江山雪霁图》也已失传。清初王时敏曾观临《江山雪霁图》，并于1668年悉心仿画。他称王维“用笔运思所谓迥出天机，参乎造化，非后人所能企及”。

《长江积雪图》原迹已佚，惟有一幅宋人仿画存世至今。

《万峰积雪图》亦佚，惟明代大画家沈周的题诗在文献中尚有传录：

城中十日暑如炙，头目眩花尘土塞。
僧楼今日见此卷，雪意茫茫寒欲逼。
古枅修柳枝袅娇，下有幽篑侧从碧。
隔溪胶艇不受呼，平地贯渚无人迹。

王维不仅有最美的山水诗，有最好的山水画，还有最经典的山水诀：

> 夫画道之中，水墨最为上。肇自然之性，成造化之功。或咫尺之图，写百千里之景。东西南北，宛尔目前；春夏秋冬，生于笔下。

第二个人是五代的荆浩。据史籍记载，荆浩共有五十余幅画作，存世名作有《匡庐图》。荆浩还有一幅《雪景山水图》，1930 年出土于古墓，是一幅现存最早的古代雪图，也是荆浩唯一的雪图。画幅上有洪谷子白色小字款，荆浩的别号即洪谷子。

洪谷子在洪谷还曾写松数万本，画遍了松树的万千样貌：皮老苍藓，翔鳞乘空，蟠虬之势，欲附云汉。

> 不凋不荣，惟彼贞松，势高而险，屈节以恭，
> 叶张翠盖，枝盘赤龙…………

只是不知，这其中能有几幅雪松图？另外，荆浩一生只留下一首诗，偏偏不是雪诗，是写他自己如何作画，恣意纵横之下，远山寒树，墨淡云轻：

> 恣意纵横扫，峰峦次第成。笔尖寒树瘦，墨淡野云轻。

第三个人是五代的巨然。巨然多写夏秋之景，有《夏景山居

图》《夏日山林图》《秋江晚渡图》《秋山问道图》；也绘春景，有《湖山春晓图》。

惟有一幅《雪图》，古峰峭拔，宛立风骨，积雪凝寒，凛若霜晨。同巨然的其他画作一样，此幅原为佚名，后经董其昌目鉴，定画者为巨然。诗堂正中有乾隆御题：

> 玩其林峦皴法，与王维雪溪同一神妙。

第四个人，是五代宋初画家李成。北宋书画大家米芾当时就已作“无李论”，说李成真迹难得久矣。不过，到了清初，王翚又说，李成真迹虽然绝少，却有一卷《雪霁图》，笔墨灵异，丘壑变幻，卷尾有赵孟頫和董其昌的题识。此卷原藏董其昌，后归王时敏。

1666年，王翚在王时敏家中得见此卷。时隔一年，他追忆其意，仿佛为之，画下了一幅《仿李成雪霁图》。李成的《雪霁图》现藏台北故宫博物院；王翚所仿李成，我久未找见，却见过另外一卷，是王翚临王维的《山阴雪霁图》。

十五

还没完呢，我再接着往下说。

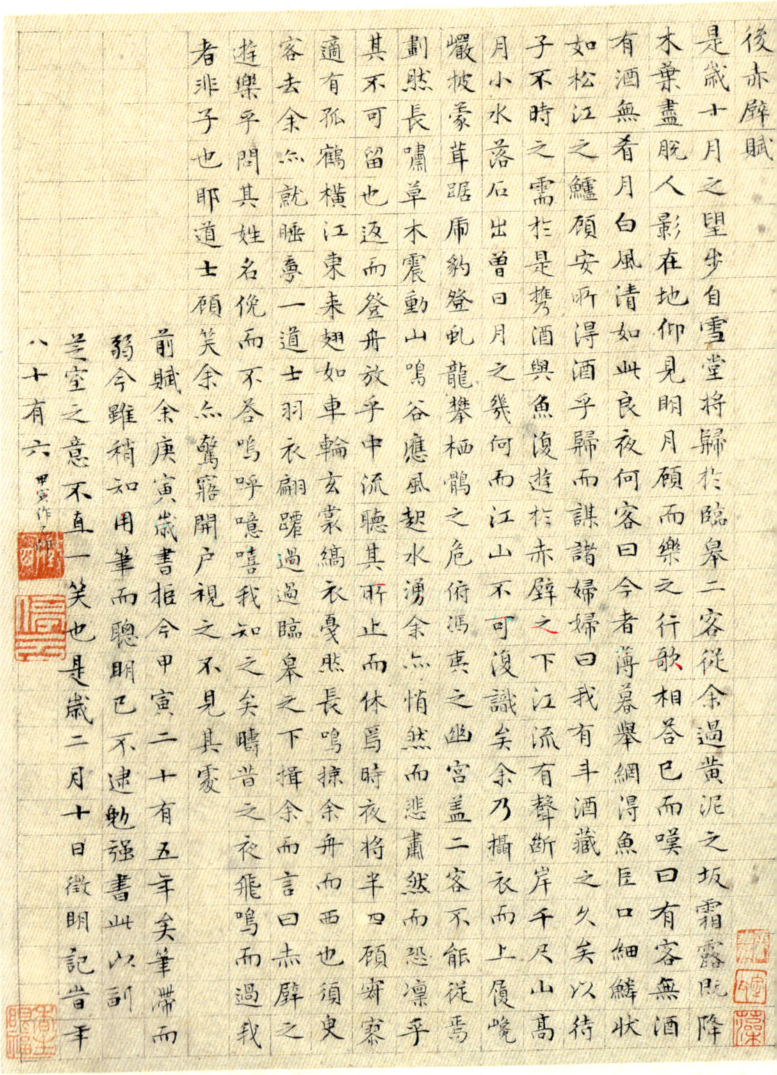

明　文徵明　小楷前后赤壁赋页　故宫博物院

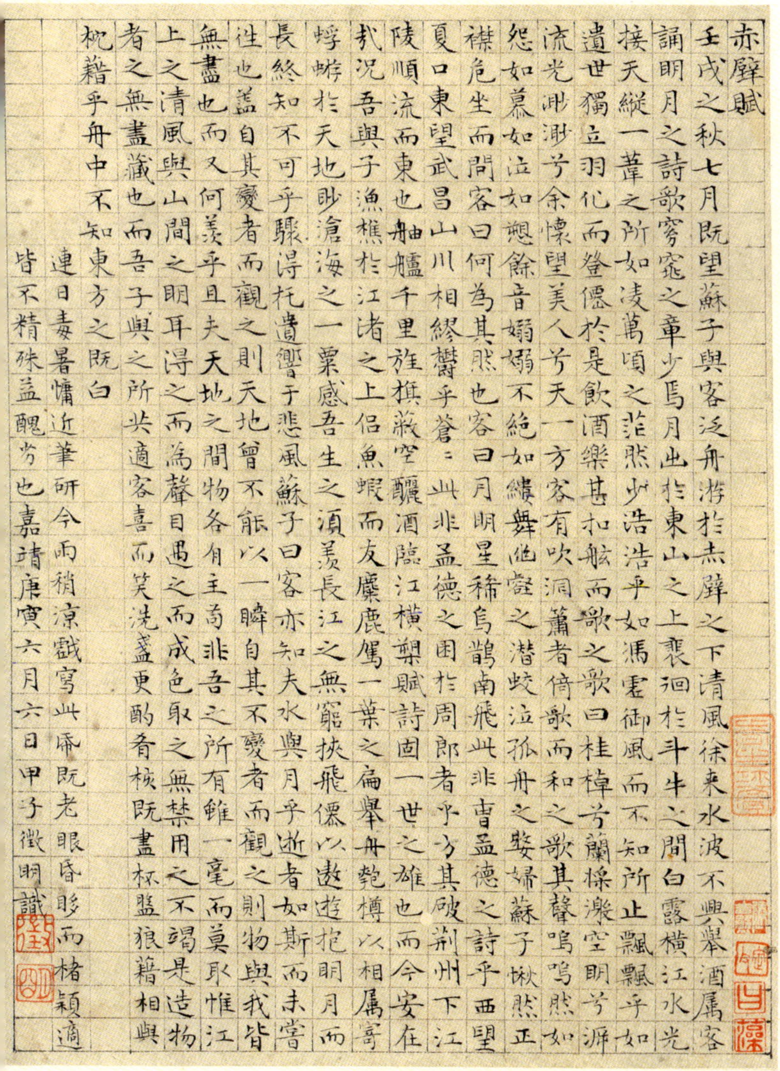

赤壁賦

壬戌之秋七月既望蘇子與客泛舟遊於赤壁之下清風徐來水波不興舉酒屬客誦明月之詩歌窈窕之章少焉月出於東山之上裴徊於斗牛之間白露橫江水光接天縱一葦之所如凌萬頃之茫然浩浩乎如馮虛御風而不知所止飄飄乎如遺世獨立羽化而登僊於是飲酒樂甚扣舷而歌之歌曰桂棹兮蘭槳擊空明兮泝流光渺渺兮余懷望美人兮天一方客有吹洞簫者倚歌而和之其聲嗚嗚然如怨如慕如泣如訴餘音嫋嫋不絕如縷舞幽壑之潛蛟泣孤舟之嫠婦蘇子愀然正襟危坐而問客曰何為其然也客曰月明星稀烏鵲南飛此非曹孟德之詩乎西望夏口東望武昌山川相繆鬱乎蒼蒼此非孟德之困於周郎者乎方其破荊州下江陵順流而東也舳艫千里旌旗蔽空釃酒臨江橫槊賦詩固一世之雄也而今安在哉況吾與子漁樵於江渚之上侶魚蝦而友麋鹿駕一葉之扁舟舉匏樽以相屬寄蜉蝣於天地渺滄海之一粟哀吾生之須臾羨長江之無窮挾飛僊以遨遊抱明月而長終知不可乎驟得托遺響于悲風蘇子曰客亦知夫水與月乎逝者如斯而未嘗往也蓋自其變者而觀之則天地曾不能以一瞬自其不變者而觀之則物與我皆無盡也而又何羨乎且夫天地之間物各有主苟非吾之所有雖一毫而莫取惟江上之清風與山間之明月耳得之而為聲目遇之而成色取之無禁用之不竭是造物者之無盡藏也而吾與子之所共適客喜而笑洗盞更酌肴核既盡杯盤狼籍相與枕藉乎舟中不知東方之既白

連日毒暑慵近筆研今雨稍涼戲寫此篇既老眼昏眵而楮穎適皆不精殊益醜劣也嘉靖庚寅六月六日甲子徵明識

第五个人，是北宋初期画家范宽。说荆浩和李成，就不能不说范宽，范宽早年师出荆浩和李成，荆、李、范的三人组，便是画史上最早的三大家。刘道醇的《圣朝名画评》更是把李成和范宽视为双子星，这样写道：

李成之笔，近视如千里之远；范宽之笔，远望不离座外。

范宽也是一代界画名手，绘制屋宇擅用界画铁线，又见淡墨笼染，陇水寒塞，故而有“铁层”之说。

北宋《宣和画谱》著录了范宽的 58 件作品，今传有《雪山萧寺图》和《雪景寒林图》。然而，我观《雪山萧寺图》，山径层叠，冒雪出云，楼观却隐于山后，毫不著象，不似袁江的《梁园飞雪图》，仙阁缥缈，壮丽人间，江山如旧，足征大观，这竟令我后来再细品袁江的《峨眉雪霁图》，虽未见楼宇高阁，却也是略有释然。

第六个人，是北宋后期画家王诜。王诜是宋英宗的驸马，宋神宗的妹夫，还是苏东坡和米芾的好友，《宣和画谱》称他风流蕴藉，真有王谢家风气。

王诜绮阁金门，锦衣玉食，本色却是个诗人，词彩遒丽，媚于语言。常见他，独上高楼，低回曩昔，山水寄恨，感喟良多：

钟送黄昏鸡报晓。昏晓相催，世事何时了。万恨千愁人自老，春来依旧生芳草。

忙处人多闲处少，闲处光阴，几个人知道。独上高楼云渺渺，天涯一点青山小。

王诜又精于绘事，博涉画史，他的一幅《渔村小雪图》，江天雪意，冬水微惨，古淡天真，墨痕尚新，图上有宋徽宗和乾隆相隔六百年的两帝御题。此图历经千年辗转，还曾过王翚之手，现藏北京故宫博物院。王翚说王诜完全师法李成和郭熙，妙绝千古。

谁知此中还有一个故事。

一日，王翚从京师购回此图，却不承想，被好事者夺爱，不可复睹，徒生悲惜，遂于1678年闰月望日，继十年前追摹李成雪图大意之后，再次根据记忆，仿画了王诜的《渔村小雪图》。

除了上述六人，北宋时期，尚有赵幹《江行初雪图》之薄积小雪，许道宁《关山密雪图》《云关雪栈图》之崇山积雪，燕肃《寒岩积雪图》之万丈雪崖，梁师闵《芦汀密雪图》之寒冰融雪，宋人《雪麓早行图》之山高雪密，赵佶《雪江归棹图》之寒江雪色。

南宋时期，又有刘松年《雪山行旅图》《仿高克明溪山雪意图》之雪霁清冷，马远《晓雪山行图》之踏雪而行，夏珪《灞桥风雪图》之密雪覆盖，梁楷《雪景山水图》之雪寒荒凉。

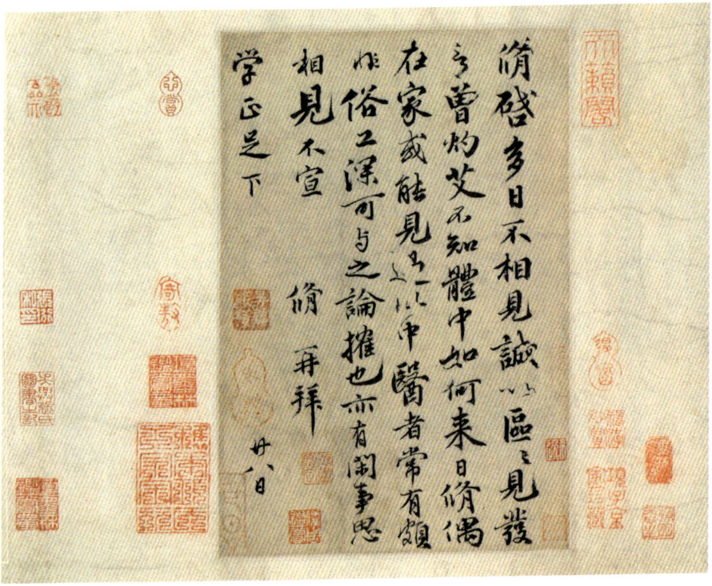
脩啓多日不相見誠以區區見發
言曾灼艾不知體中如何來日脩偶
在家或能見過此中醫者常有頗
非俗工深可與之論摧也亦有閑事思
相見不宣　脩再拜
學正足下　廿八日

宋　欧阳修　行书灼艾帖卷　故宫博物院

还有一幅宋代佚名的《雪山行旅图》，我未能获见，只知乾隆曾题长诗一首，题诗的开篇便是春兰入室，闻香问梅：

雪山大图传李成，

郭熙行旅亦其次。

是图出入二家法，

帧中却未留名字。
自是北宋画院派，
又无画院之习气。
可称绝代最佳作，
是用长歌纪其事。

如此之多的唐宋名迹，还有更多的古代雪图，早已让我松轩醉雪，徘徊日曛。然而，哪一幅才是我要寻找的那个佚名的古本？我一时茫然，随笔零乱，竟如身临宋人释文准的雪诗中：

今朝腊月十，夜来天落雪。
群峰极目高低白，绿竹青松难辨别。

甚至，我读宋代诗人吴文英的《十二郎》，都辨不出，那迎面而来的，是暮雪，还是飞花：

迎醉面，暮雪飞花，几点黛愁山暝。

我再读近人王国维的《蝶恋花》，也辨不出，那满地银光，是雪霜，还是月华：

满地霜华浓似雪。人语西风，瘦马蹴残月。

既然袁江的雪山此图竟是如此地相近于郭熙的雪山彼图，那么，我现在也只能暂定，那个无名氏所临写的古画，或许就是郭熙的《峨眉雪霁图》。

当然，更进一步地细致考证，我还会继续做下去。

野芳发而幽香，佳木秀而繁阴，风霜高洁，水落而石出者，山间之四时也。

四时往返，我亦如是，或有一日，水落石出。

十六

歌古调，新声移入渔家傲。

元人许桢一口气写了四首《渔家傲》，我只记得了其中这一句，我理解他的心思，以新入古，与古为新。不错，我也慕古，嗜古。在访古的路途上，迎风摇飏，我只想去看看，三百年前的一场梁园雪。

《渔家傲》的词牌，我还寻到了李清照的一首雪梅词：

雪里已知春信至。寒梅点缀琼枝腻。香脸半开娇旖旎。当庭际。玉人浴出新妆洗。

造化可能偏有意。故教明月玲珑地。共赏金尊沉绿蚁。莫辞醉。此花不与群花比。

冷香问梅，此花不与群花比。其实，我之所以四处探知那个佚名的古本，只为拂去数百年的沉雪，寻见袁江远向梁园而去的漫漶足印。

明月白露，光阴往来，石老而润，水淡而明。

日复一日，在袁江的画图里，我分明看到了仇英的仙灵气息，郭忠恕、赵伯驹的界画技法，郭熙的雪图淡墨，更有他自己，一缕一缕，如烟如雾的画笔情思。

不知为何，画史上竟少有梁园雪图。我只观过明代画家沈士充作于 1618 年的《梁园积雪图》，天色清寒，树木笼雾，绝壑幽岩，雪溪平远，可见文人画家对梁园的一般心解和描写。

还有谁，能像袁江一样，画出《梁园飞雪图》那样的绝世佳作吗？

还有谁，能像袁江一样，即便是画梁园的雪树，也能是松偃雪龙，冰鳞玉柯，危干凝碧，绛树珠衣吗？

1714年，五十二岁的袁江试笔初画了《梁园飞雪图》，甫一落墨，便已见方茂其华：峭壁万仞，冬阴密雪，野霞瞑漠，风遥鸟征，……独立荒寒谁语？蓦回头宫阙峥嵘。

又过去了六年，1720年六月，庚子年的夏天，五十八岁的袁江终于完成了他一生的巨作——《梁园飞雪图》：江天阔渺，琼台艳雪，长松秀岭，碧殿朱廊，……依依残照，独拥最高层。

《梁园飞雪图》，不是宋画，却又胜似宋画；不是明画，却又胜似明画；不是郭忠恕、赵伯驹、仇英，却又以三家为师，气势相生；不是郭熙，却又独往独来银粟地，一行一步玉沙声。分明是，游心太玄，妙造自然，陶铸古今，清明象天。

于是，便有一种感觉，人在梁园，人在青冥；于是，便只可读宋代词人曹组的《声声慢》：

重檐飞峻，丽采横空，繁华壮观都城。云母屏开八面，人在青冥。

还可读清代诗人陶琯的题画诗：

踏遍罗浮最高顶，冰魂清到鹤声中。

这一句，真是折芳馨兮，绝妙好词！方才知晓，原来，扬州鹤也有一颗冰魂到玉霄。

清雍正时有一个盐运使董承勋，工山水，善写诗。他有一首长诗，淅淅沥沥，结尾只是这么一句：

安得置身图画里，一编在手风泠泠。

而我却是：风泠泠，雪泠泠，如今置身图画里。

即便不言自明，我还是想确知，袁江画了最美的阿房宫和汉宫，为什么还要画梁园？袁江画了那么多皇宫庭院的垂柳笼烟，高松叠翠，为什么还要画梁园的冰散瑶津，林挺琼树？

念兹在兹，释兹在兹。念兹释兹，惟我梁园。

穿越到唐代，可见诗人周墀独羡春兰：

虽欣月桂居先折，更羡春兰最后荣。

十七

向梁园，有人吟：

宋　王诜　渔村小雪图卷　故宫博物院

千年我向梁园来，几寻遗址城东隈。

袁江是那么沉醉梁园，他肯定亲临过梁园旧地，但梁园皇苑也已雪泥化尽，久不可见。早在唐代，诗人高适便到过宋州，并创作了 69 首诗歌，包括著名的《宋中十首》。从诗中可知，那时的梁园，悲风秋草，也只残存一座高台的陈迹了：

梁王昔全盛，宾客复多才。悠悠一千年，陈迹唯高台。
寂寞向秋草，悲风千里来。

高台名曰文雅台，是当年梁孝王邀集文人雅士唱和之地。到

清时，残台仍在，诗人宋至路过台地，曾写下一诗：

梁苑风流歇，空余文雅台。花时连步屟，雨过长莓苔。
小麦翻轻浪，秾阴借古槐。萧闲一杯酒，不独忆邹枚。

梁园所在，周朝时为宋国，西汉时为梁国。梁园亦名菟园，是当年梁孝王刘武的皇家苑囿。《史记》记载：梁园方三百里，大治宫室，自宫连属平台三十里。《西京杂记》记载：园中有百灵山，山有肤寸石、落猿岩、栖龙岫。又有雁池，池间有鹤洲凫渚。

梁园是一个辽阔无际的超级宫苑，面积与阿房宫相当。园内列木成林，累石为山，山水相连，云出岩间，偌大的苑囿尤可见诸袁江笔端，舟楫楼阁，烟波云岫，瑶台琼岛，缥缈霞际。

梁园又是一个诗文书画的风月之地，梁孝王集诸游士，各使为赋。枚乘为《柳赋》《笙赋》，路乔如为《鹤赋》，公孙诡为《文鹿赋》，邹阳为《酒赋》《几赋》，公孙乘为《月赋》，羊胜为《屏风赋》……当时汉梁的文学家们都雅集于此，优游唱和，肆笔出之，词章炳蔚，神采飞动。

梁孝王和梁苑宾客的君臣遇合，天庭与诗人的天人际会，使梁园成为一座千岁流芳的诗文园林，闪烁着璀璨的艺术之光。如此的人文和艺术殿堂，自然要令阿房宫、汉宫等皇家独享的宫禁之地黯然失色了。

西汉辞赋家枚乘是梁孝王的宾客，最先写了《梁王菟园赋》，直可置为袁江《梁园飞雪图》之跋文。我能记得其中一语写别鸟相离："疾疾纷纷，若尘埃之间白云也"，真如袁江之梁园飞雪。其后，汉梁文人们写梁园的诗文，也如是，若白云，若飞雪，尘埃之间，疾疾纷纷。

唐代，诗仙李白也来到宋州，而且"一朝去京国，十载客梁园"，还在梁园与诗圣杜甫相会，留下了十多篇诗文。袁江一定读到过这首《梁园吟》：

梁王宫阙今安在，枚马先归不相待。

其为状也，散漫交错，氛氲萧索；
蔼蔼浮浮，瀌瀌弈弈；联翩飞洒，徘徊委积。

《雪赋》对后世影响颇大，以至于唐代诗人罗隐还续写了《后雪赋》。我诵读罗隐，更是格外留意他描写雪花的那些美雅之词：

莹净之姿，轻明之质，风雅交证，方圆间出……

不只是罗隐，我看到，唐代诗人们对于梁园飞雪也都有一个集体记忆，袁江不可能不闻不知：

猿岩飞雨雪，菟苑落梧楸。（高适）
梁园二月梨花飞，却似梁王雪下时。（岑参）
五言凌白雪，六翮向青云。（刘长卿）
菟园春雪梁王会，想对金罍咏玉尘。（白居易）

袁江也会遥想当年，那些宋明的梁园诗人们，不可无酒，不可无诗，人生如梦，一尊还酹梁园雪：

竹里茅庵雪覆檐，炉香蔼蔼着蒲帘。（苏辙）

今对梁园客，独对梁园雪。（李梦阳）

浚郊腊月三丈雪，压坼梁王百尺台。（王廷相）

授简赋雪月，筑宫延枚邹。（吴国伦）

明代文学家钱棻也有一篇《雪赋》，赏梁园之飞雪，叹造物之雄奇，如此美文，自然会令袁江漫吟不已：

乍因飙而回合，忽排闼以飘零。花明四照，蕊绽千层；竹腰频折，松盖如擎；梅腮傅粉，石骨凝冰；清光千里，鹤唳一声。屋压琉璃之瓦，帘开云母之屏。九天无月而长白，万树非红而皆春。

到了清代前期，还有一个商丘文人刘榛，大约比袁江早三十年，续着前人的《雪赋》，又写了一篇《梁园雪赋》，袁江更是不可能没有读过：

联翩散漫，纷糅逶迤；浮浮洒洒，袅袅离离。乍庄蝶而扑面，忽谢絮以脱枝。轻盈斗夫燕舞，迷漫妒乎梅醋。风回范云之状，花点谢庄之衣。

也是在这一时期，侯方域、贾开宗、徐作肃、徐世琛、徐临唐、宋荦六个商丘的宋梁后人，并称雪苑六子，创办文学社，社名就叫雪苑社。

天下可以无雪，梁园却是永远的雪苑。宋梁就是这么一处奇异之地，万顷同缟，千岩皆白，青树玉叶，雪意涔涔。所以，袁江笔下的梁园，一定是薄雾依微，冷絮成茵，樽前白雪，庭树飞花。

十九

我不知是我往去了三百年前的那个庚子年，还是袁江往来了三百年后的这个庚子年。像在梦里一样，我们形影相随。我看不清他的模样，也听不到他的声音。我拉不住他的手，但我们相互感觉彼此。

我知他描摹古画，便陪他探看仇英。我告诉他，学仇英的画，要心静如水，仙游飞天。我让他去摹《汉宫秋月图》，不是《汉宫春晓图》。

他知我最倾心五代两宋，就找来许多珍稀名迹。当我第一次看到郭忠恕的《雪霁江行图》时，一下子就被深深吸引住了。从此他便日夜去学郭忠恕，纤纤界笔，一笔不苟，专画那些文人画家们谁都画不了的超绝界画，终于大成。

他又知我在关注赵令穰，就取来一幅赵令穰的《汉宫图》。还没等我展观，他就又拿来另一幅赵伯驹的《汉宫图》，二帧并置，

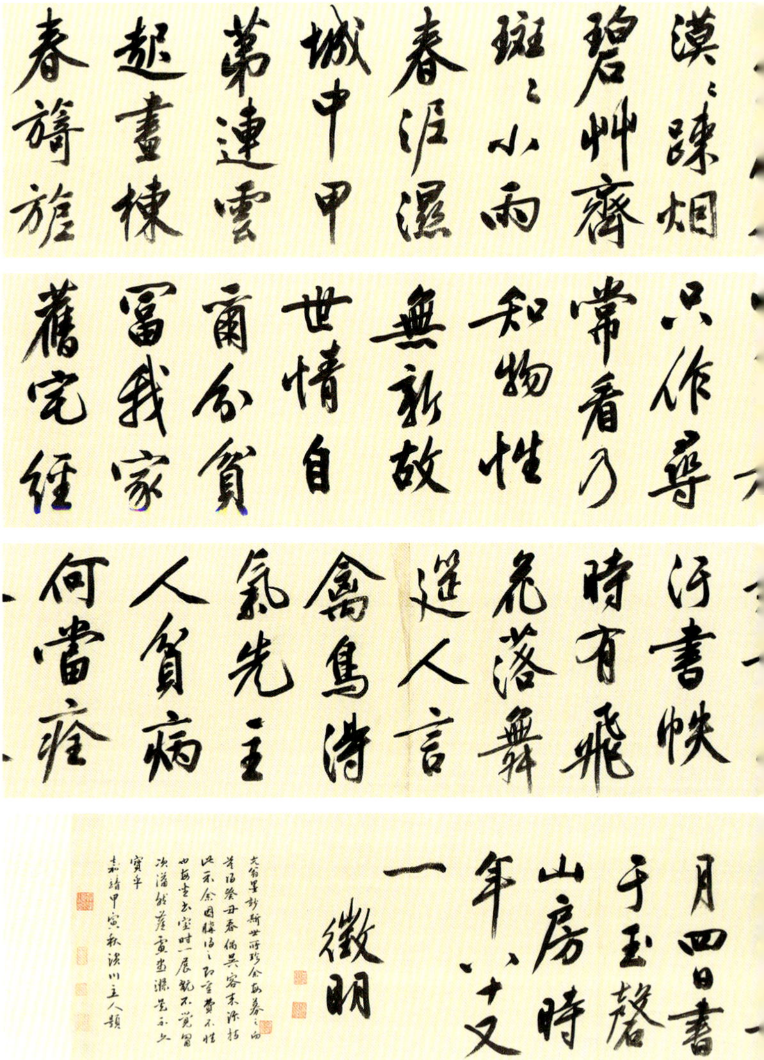

明　文徵明　行书新燕篇诗卷　故宫博物院

还随手抄下一纸唐代诗人王涣的诗句：

梦里分明入汉宫，觉来灯背锦屏空。

他不知从何处拾到一幅不知谁人临仿的古画，他似乎知道被仿的古人是谁，但又不明说，让我一人苦苦地猜想。我猜到了郭熙，他不置可否，却付诸一笑，颇有意味。

我知他像书虫一样读过很多古诗，很多古诗我也没有读过。我也读过很多古诗，我读过的很多古诗他却肯定都会读过。我们是画友，更是诗友。

他画梁园，却无人知晓他是不是真的去过梁园。我真的去过梁园，而且是在雪天。我去的时候他就伴在我的身前身后，我们就那样相对地站在雪花深处。

他画飞雪，轻琼为细，冷香弱梦，清净自守，独抱孤洁。在他的眼前，雪是水和气的凝结和静观；在他的上空，雪是云和风的飘舞和灵动；在他的笔下，漫天皆白；在他的心底，天下皆雪。

除了作画，他所做的一切都是虚幻的，而我写他的一切都是真实的。他做的事情我都看见了，而我看到的只是一个画家虚幻而洁白的世界。

总是烟霞伴，深知天地寒。

青灯吾共汝，同向雪中看。

不过，我也略有不解，为什么他偏偏要去画六月雪？明明元代画家王冕说：“二月甲子雪，霏花冷作围。”却抬头望见，梁园六月，风飒飒，雪飞霜。

他也不解我为什么要写他，他生前寂寥，身后也不喜欢热闹。其实，我也寂寥，永远也不喜欢热闹。我的写作，不入时趋，不媚时人，我也不相信未来。我是写他，又不是写他。他是写雪，我也是写雪，我们都在写，三百年前的那一场六月雪。

是啊，三百年了，五个庚子，一场热雪。也许，只有他，还有我，才会去写那场雪；也只有他，还有我，才能把那场雪，写得令人遥襟甫畅，逸兴遄飞。而我，就是《梁园飞雪图》上，最后的隐喻一笔，阳开阴合，一抹遥峰……

不恨古人吾不见，只恨古人不见吾狂耳！

二十

这真是一种奇妙的体验，竟如梁园的那一场飞雪，凭云升降，从风飘零。袁江的几十年，风行水面，自然成文，幽秀之笔，孤标俊格，却是五十八岁时的一幅《梁园飞雪图》，老去江湖，霜髯迎风，画尽岁月千古，映雪人生。

过眼韶华何处也？碧檐丹楹，翠瓦青甍，一滩流水，千壑松风，尽在梁园飞雪中！

袁江，我在唤你：归去来兮！梁园赏雪胡不归？仿佛梦魂归帝所，几回魂梦与君同。风一更，雪一更，相留醉，几时重？

我未能忘却，整整三百年前，也是一个庚子年，也是一个灿烂的夏天，你在梁园，雪下得那么大，那么美，庭列瑶阶，镂冰雕琼，霏雪凌霜，蔚秀涵清。是你说，六月到梁园来看雪……毕竟梁园六月中，风光不与四时同。

我不会忘记，三百年后，还是一个庚子年的夏天。我久久地展观你的《梁园飞雪图》，六月的这个夜晚月光空明。天地真小，山川飘浮着你的风影；世界真静，我似能听到你的脉动。

只见，画里，画外：

梁园暮雪，烟树迷蒙，远岫寒沙，仙阁高耸。

隐隐遥岑，江天无棱，一片初白，目送归鸿。

幽林深谷，孤秀寒峰，萧萧落木，历乱纵横。

花似无形，水若有声，山景愈妙，玉宇苍穹。

又见，诗里，诗外：

已讶衾枕冷，复见窗户明。夜深知雪重，时闻折竹声。

（唐·白居易）

瓦上松雪落，灯前夜有声。起持白玉尺，呵手制吴绫。

（元·张宪）

但见，梦里，梦外：

我

的

世界，

开始下雪；

你

的

世界，

琼宫九重。

（游思于庚子之夏，收笔于庚子之冬。）

拍卖总裁的会客厅

一个老海员又听到了远方海轮汽笛的回响

马贵仁先生是北京天贵仁顺拍卖公司的总裁。知道了他的名字，也就大致记住了这家拍卖公司的名字。天而贵，仁而顺，是君子之道，也是天地之道。

马总的会客厅本是一间画廊。除了墙上的画，就是茶台上的茶，还有鱼缸里的鱼。朋友去了，无非就是看画，喝茶，赏鱼，这就有了一种别样的情调和氛围。

我很喜欢在马总的会客厅里闲坐，或者站起身来，去看墙上挂的《洛神赋》。马总说他能在一幅破旧的老画前一站就是一个小时,看画绢的毛边和破损处,看画幅上面的残笔。我呢,也在《洛神赋》前站了一个小时，看洛神凌波微步，罗袜生尘，灼若芙蕖，丹唇外朗，仿佛兮若轻云之蔽月，飘摇兮若流风之回雪。

《洛神赋》是中国绘画史上的最美画境，自东晋的顾恺之始，宋元明清各朝都传有洛神遗韵。这一幅《洛神赋》是明四家之一仇英的水墨仙笔，神光离合，芳泽无加。画幅的诗堂是同为明四家之一的文徵明的小楷神作，抄录了曹植的千古名篇《洛神赋》，竦轻躯以鹤立，若将飞而未翔。因而这是一幅赏以双珠，赐以合璧，仙神同框、日月生辉的旷世佳作，春风大雅，秋水文章。

也许是看我站得时间久了，马总赶紧招呼我：坐坐坐，您坐着喝茶。我刚喝了一口茶，却又看见窗下斜靠着一个画框，取来看过，竟是一幅宋代的对弈图，无款。

对弈图，唐代的无名氏画过，敦煌壁画和辽墓壁画画过，五代的周文矩画过，宋代的赵令穰、赵伯骕画过，元代的冷谦画过，明代的戴进、周臣、张路、文徵明、唐寅、谢时臣、尤求画过，清代又有戴本孝、黄慎、丁观鹏等人画过。对弈图似若古奥幽秘，本身就是一个充满玄机的棋局。马总会客厅的这一幅对弈图，出神入道，高妙就在乎神道之不可言说之处，充满隐喻和象征。

我和马总就对弈图有过一番讨论。马总说，这幅画的高度应

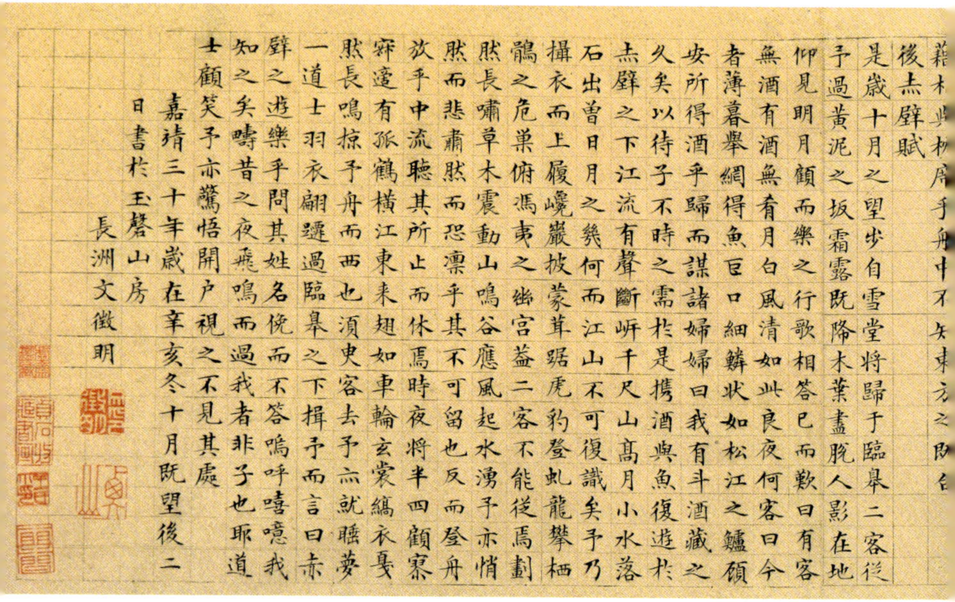

明　文徵明　前后赤壁赋卷　故宫博物院

在赵子昂之上，年份不会晚于北宋。余以为然。马总学画多年，深悟画理，技进乎道，艺通乎神。我说，画者会不会是赵令穰？他说，赵令穰到不了这个高度。我说，再想一想谁？他说，大胆设想一下：宋徽宗赵佶！我说，赵令穰与赵佶亦有交游，他说，还是赵佶艺高一筹！

这一盘棋，我和马总对弈，我的帅是赵令穰，马总的帅便是

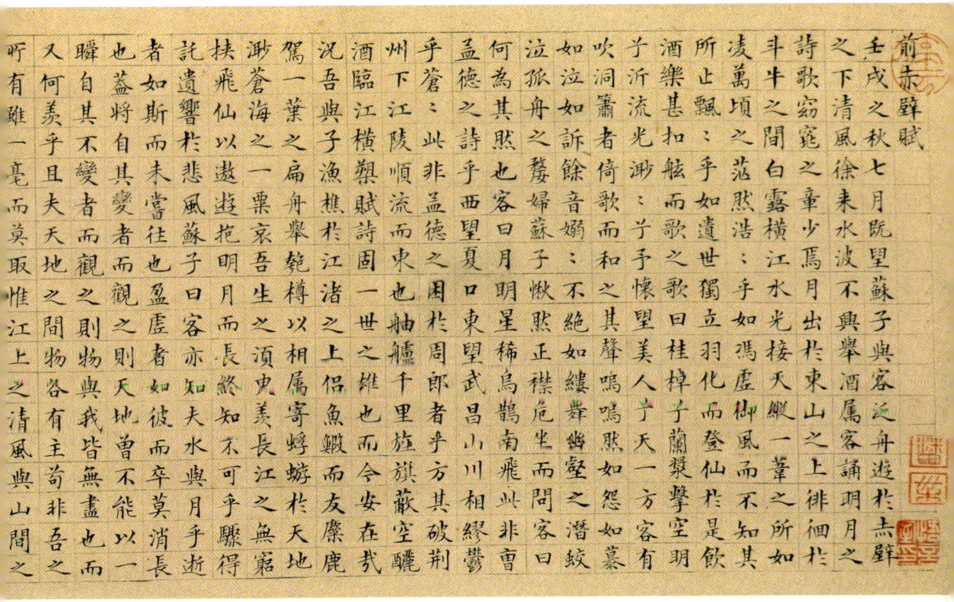

赵佶。也许是一盘下不完的棋。下不完有遗憾，但下完了也就落寞了。那就不分胜负，再下一盘。

刚刚又喝了一口茶，我还在想赵令穰，马总又说，我再给您拿一件好东西，您看看怎么样？说着，他便从里间拿出一幅书法长卷摊开在地上。

只是一眼，便是一惊，不必看款，知是米芾！仔细拜观，这真真切切是米芾的真迹啊，风神俱全，精妙至极！我半蹲半跪着看了许久，竟像是仰望一棵大树，枝枝蔓蔓全都看遍，秋芦雁集，雪柳鹊栖。认得上面写的是一首唐人长诗，我摘录下其中几句：

……

亭插宜春果，山衔太液泉。

紫岩妆阁透，青嶂妓楼悬。

……

峰夺香炉巧，池偷明镜圆。

梅花寒似雪，桂叶晓留烟。

唐人诗中的每一句我都欣赏，而米芾笔下的每一字我都喜欢。如果说马总有一双鹰眼，目光如电，贵不可言，我也自认有一双鸽眼，专门能看字间的运势和字面的气息，又能穿透纸面，看纸底经纬间散之不去的烟云。我一个字一个字地看过去，每一个字都是一轮风月，每一个字都是一个米芾，这应该就是《华严经》所说的“一叶一如来”了。

我奇怪，马总怎么能收到这样的好东西？马总说，是客人送来的。马总说话，天高海阔，又总是云淡风轻。四射激情，却又静如止水。其实就是马总的命缘太好，风清扬道，天助良人。

人们都说常在河边走，哪能不湿鞋。马总喜欢观海，鞋被海水浸湿就该是常有的事。

马总又岂止是观海。他早年曾当过五年海员，所以才有了海洋一般宽广的胸怀。在古物之海中航行是需要有胸怀的，能容得下历史和世界，装得进岁月和人生。马总就是这样一个航海者，思接千载，视通万里，大道行思，知而行远。

马总二十一岁时就做过企业主，后来又去当海员，历练了一身硬朗的骨骼和硬汉的气质。商海他也下过，自然之海他也下过，海天无棱，风月逢迎。2009 年他拎着一个纸袋子独闯京城，2015 年在北京金街的天伦王朝饭店举办了第一场艺术品拍卖会，座无虚席，火热爆棚，从此开始了他的天贵仁顺拍卖之旅。

有意思的是，他既是拍卖公司的老总，又是一个普通的拍卖客。作为一个收藏家，几年来，他入藏了许多重要的书画，但其中许多珍品竟是在他自己的拍卖会上拍来的。他喜欢现场感和参与感，痴迷于会场上热烈的气氛，他愿意与场上的所有人互动。那些相识或不相识的竞买人，既是他的客人，又是授艺于他的老师。他总是站在会场尽头的角落里，观场上风云，看云起云落。他知道哪些是真正的行家和有眼力的藏家，他观察他们的出牌，也随时调整自己的举牌策略。他捕捉会场上微妙的情势变化，洞悉其中的奥秘，享受心跳加速的感觉。他更像是一个凶猛的烈狮，

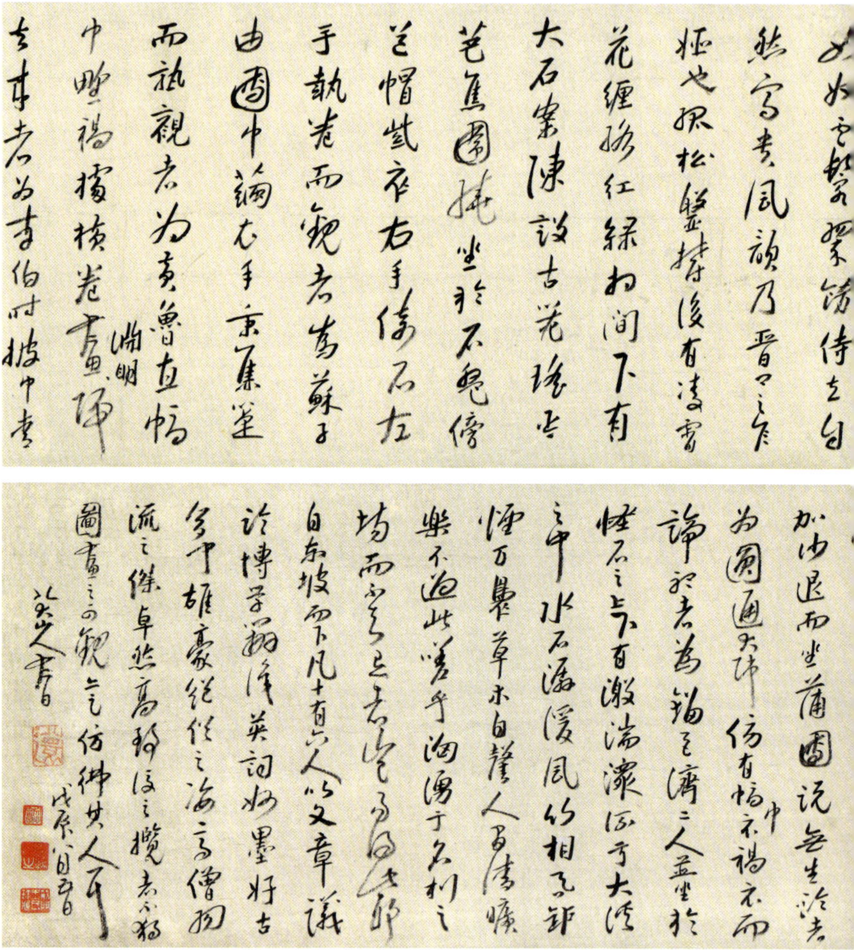

明　朱耷　行书西园雅集卷　故宫博物院

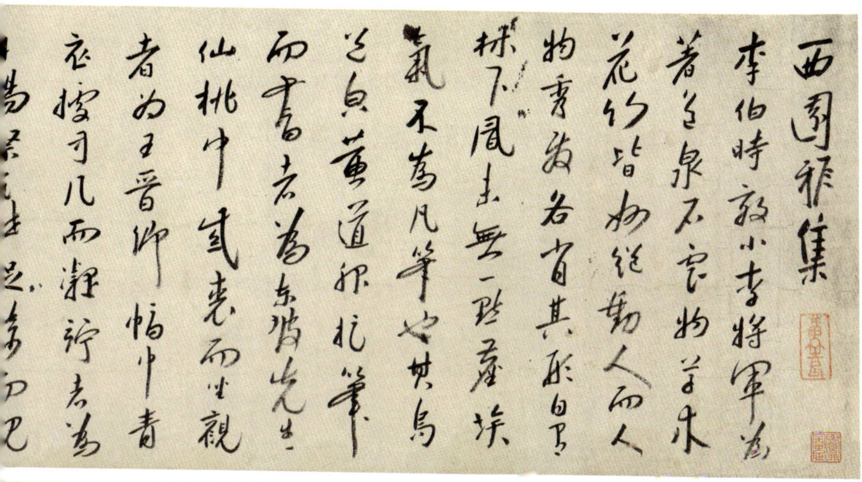

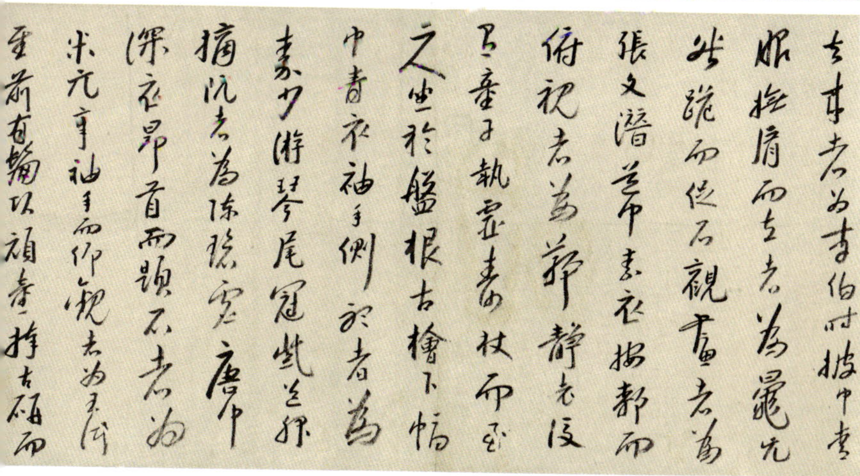

跃起或者匍卧，他都雄壮威武。而不管最后燕归何处，花落谁家，他都是欢愉的，欣然的，甚至是亢奋的，癫狂的。这个时候，他便既不是拍卖客，也不是老板，他只是回旋在会场上方抖动的空气，他已无我，他已无敌。

马总有真性情，他是一条鱼，逡巡在自由之海。他感恩丹东，丹东是他生长的海滨；他感恩北京，北京是他创世的海洋。他的会客厅的大鱼缸里养有两条银龙鱼，他观察鱼，了解鱼，也反观自己，认识自己。也许终有一天，鱼化龙，马总也实现了他自己。

其实，马总的鱼缸里的鱼，就是一幅鲜活的双鱼图，你看他的墙上，恰恰也挂着一幅八大山人的双鱼图。我不知道，马总是因为喜欢鱼而喜欢八大的画，还是因为喜欢八大的画而喜欢鱼。但是，马总确实是因为兼而喜欢鱼和八大，便常常自己去画八大的鱼。马总画鱼，太像八大，只不过，八大的鱼，是出世的，在世界的外面；而马总的鱼，是入世的，在世界的里面。所以，看马总画的鱼，如果能看到图画的 B 面，那一定就是八大的鱼。

马总还画鸟。马总当年在海上看过太多的鸟，他知道鸟的世界就是天空。天空是空有，天空又是空无。马总的鸟也是学八大，遗世，独我，睥睨，冷逸。马总还善画空枝，不着一笔，却能写遍枝桠。天地万象，画物易，画无难。物是美学，无是哲学；物是现世，无是万世。

茶喝好了，我向马总告辞。马总送我一个纸袋子，里面是他画的一幅双鱼图。我接下了，却想起他十余年前初进京城时，也是拎着这么一只纸袋子。历史总是有许多相似的场景，也有许多可以缀连成篇的故事，想必八大山人当年也一定曾把双鱼图酬赠友人。

走到外面的世界，阳光洒落，装着双鱼图的纸袋子便瞬间化为我手执的一份蒙太奇的记忆，记录着马总的会客厅的故事。故事成为记忆，记忆成为历史，历史成为收藏，收藏又成为响彻拍卖场的那一声清亮的锤音，落在悠长的时空深处……于是，一个老海员又听到了远方海轮汽笛的回响。

（20200906）

图书在版编目（CIP）数据

庚子读画记 / 方鸣著 . — 北京：故宫出版社，
2021.12
ISBN 978-7-5134-1452-4

Ⅰ . ①庚… Ⅱ . ①方… Ⅲ . ①散文集—中国—当代
Ⅳ . ① I267

中国版本图书馆 CIP 数据核字（2021）第 261081 号

庚子读画记

方鸣◎著

出 版 人：王亚民
责任编辑：朱　蓝　张圆满
封面题字：张圆满
设　　计：王　梓　杨青青
供　　图：故宫博物院数字与信息部
责任印制：常晓辉　顾从辉
出版发行：故宫出版社
地址：北京市东城区景山前街4号　邮编：100009
电话：010-85007800　010-85007817
邮箱：ggcb@culturefc.cn
制　　版：北京印艺启航文化发展有限公司
印　　刷：北京启航东方印刷有限公司
开　　本：889毫米×1194毫米　1/32
印　　张：9.25
字　　数：147.5千字
版　　次：2021年12月第1版
2021年12月第1次印刷
印　　数：1-2000册
书　　号：ISBN 978-7-5134-1452-4
定　　价：98.00元